GHOST SOCIAL

Novela de ciencia ficción, fantasía y suspenso

IVÁN ROCHA

IVÁN ROCHA

Título original: GHOST SOCIAL
Primera edición en México: 18 de Diciembre de 2024

ISBN 978-607-29-8338-0

Portada diseñada por: IVÁN ROCHA

www.tururuu.com

Dedicado a mi familia, quienes me han apoyado en todas las decisiones que he tomado.

ANOCHECER

CAPÍTULO 1

La mina El Ramillete

26 de abril de 2025

Los vagones del tren minero turístico retumbaban mientras se adentraban en el cerro del Grillo, en la histórica ciudad de Zacatecas. El chirrido de las ruedas sobre los rieles resonaba como el eco de un corazón herido, desgarrado entre la esperanza y la desilusión de un amor no correspondido. Las paredes de la cueva, cubiertas de minerales que brillaban como un manto de estrellas en el firmamento, parecían guardar los secretos de una era olvidada. Bajo la luz de tungsteno, las rocas de plata, plomo y zinc relucían con una belleza que solo podía encontrarse en las entrañas de la tierra.

En varios vagones, separados por grupos de seis personas, los visitantes contemplaban las estatuas que revivían la dura existencia de los mineros de siglos pasados. En aquellos tiempos, un hombre podía obsequiar a su amada una estrella robada, pulverizada y escondida en su piel curtida por el trabajo. Ahora, esas mismas estrellas se exhiben intactas, como piezas de museo en una discoteca subterránea, mientras las figuras de yeso narran las historias de padres e hijos que entregaron su vida para saldar las deudas de la tienda de raya. Aquellos hombres, con el rostro y el orgullo sepultados bajo el lodo, soñaban con contrabandear un pequeño trozo de oro. No buscaban riquezas, sino la esperanza de dejar este mundo sin cargar a sus hijos con el peso de sus deudas. Las minas eran lugares donde el único escape era la muerte, un destino tan oscuro como las galerías que ellos mismos excavaban. Seguir el rastro de estas estrellas no llevaba a los cielos, sino a un agujero negro formado por la avaricia insaciable de los poderosos.

Así se sentía Aarón Villalobos en ese momento: atrapado en un ciclo infinito. Su sobreesfuerzo y el paso del tiempo le habían enseñado que, para el sexo femenino, él era un cero a la izquierda; su paciencia y solidaridad con sus compañeros le habían demostrado que no era más que una herramienta para cumplir los objetivos de otras personas. Los amigos entraban y salían de su vida con la misma rapidez con la que aquel vagón cambiaba de pasajeros. Su círculo de amistades más reciente estaba compuesto por sus compañeros de la Facultad de Ingeniería. Como parte de un juego privado entre ellos, decidieron autodenominarse "Los Enanos de Moria", en homenaje a las historias de *El Señor de los Anillos*; aunque no eran bajos como los enanos de las leyendas, tampoco alcanzaban la altura promedio de otros jóvenes de su edad, lo que reforzaba el carácter irónico del apodo. Aarón era originario de Aguascalientes, de constitución robusta, con un estilo de vestir peculiar influenciado por la cultura pop japonesa y los videojuegos. Dhruv Sharma, procedente de Irán, era delgado y encontraba en el hockey canadiense una forma de identidad, reflejada en su preferencia por atuendos deportivos; Miguel Clark, de Carolina del Norte, poseía una complexión atlética y un estilo casual, con camisas tipo polo, pantalones cómodos y tenis Vans en tonos sobrios de café y verde. A pesar de sus diferencias temperamentales, que los hacían repelerse como polos similares de un imán, era la admiración por las habilidades de cada uno lo que cimentaba su vínculo: una camaradería que se había fortalecido durante cinco semestres de estudio.

En ese momento, los tres compartían el espacio reducido de un vagón del tren minero con otras personas. Observaban con detenimiento las paredes de la cueva, donde la penumbra y la luz arrojaban destellos sobre las superficies irregulares. Las sombras se deslizaban y se superponían con las de los otros tres turistas que los acompañaban, creando una atmósfera misteriosa e impredecible. En ese entorno, cualquier comentario quedaba expuesto, reverberando en lo ignoto. Una chica de dieciocho años, de piel morena y complexión delgada, miraba de frente a Aarón por momentos. El joven, con ciento cinco kilos, entrecerraba sus pequeños ojos, intentando captar cada detalle de ella. No podía imaginar cómo una mujer podría interesarse en alguien como él, un muchacho grotesco y con incipientes señales de calvicie. La chica se le acercó y le tocó la rodilla mientras él sudaba de forma profusa. El joven rollizo era consciente de cómo el sudor lo empapaba, de cómo su pensamiento, antes analítico y crítico, comenzaba a desmoronarse, dejándolo reducido a un peso muerto que solo ralentizaba el viaje. Sin embargo, logró responder con una sonrisa amplia que dejaba ver sus brackets adornados con ligas fosforescentes. Estaba asustado: las personas que se acercaban a él, por lo general, lo hacían para regañarlo o insultarlo. Esperaba un grito, una bofetada o un golpe en la cabeza, pero nada ocurrió. Ella se presentó como Diana, una joven sinaloense que viajaba con amigos, explorando diferentes estados del país en busca de diversión y descanso. Estaba encantada con el atuendo del robusto estudiante, que consistía en unas bermudas holgadas, calcetas largas y una camisa enorme con el logo de Minecraft con caracteres japoneses. Le recordaba a las boybands coreanas. El joven quiso corregirla y decirle que toda su indumentaria era de influencia japonesa, pero se contuvo. Deseaba estructurar mejor sus pensamientos: quería agradarle. Él nunca había viajado fuera de Estados Unidos o de algún lugar interesante que recordara, mientras que la chica, debido a su carrera de Relaciones Internacionales, había recorrido el mundo. Ella hablaba de los bailes en Francia, de las veces que no se había bañado durante días, de sus viajes a China y de sus vestidos de colegiala, o de las borracheras en Alemania. Historias que, para otros, podrían parecer triviales, pero que para el muchacho eran como si ella lo llevara de la mano a esos lugares. Sus pláticas estaban empapadas del positivismo de las series coreanas como *Nevertheless*, electrizadas por la emoción de los últimos niveles del videojuego *Hollow Knight*, por la campaña de Juana de Arco de *Age of Empires II*, y explotadas con los chistes medievales de *Monty Python* y las anécdotas sobre las alergias de Carlos Ballarta. Su aroma le recordaba al perfume dulce de las cerezas Rainier que probó de pequeño en un plantío de Chihuahua <<cuando la discordia se presente, dale una cereza Rainier>>. El viento que recorría la cueva lo hacía todo efímero: los aromas, las miradas, como si cientos de flashes de paparazzi inmortalizaran el mayor evento de su vida. Diana tenía un rostro con forma de diamante, unos enormes ojos marrones que brillaban como topacios y que jamás se cerraban; una nariz griega y unos labios finos y coquetos. Labios que parecían burlarse de todo, pero que armonizaban a la perfección con su personalidad alegre y curiosa. Era alguien que cuestionaba con interés y mantenía una escucha activa. Al muchacho le encantaba cómo ella enrollaba un mechón de cabello en su dedo índice mientras le hacía preguntas sobre Aguascalientes. Sintió una conexión entre los dos: un intercambio de gustos similares cargados de cariño, un trueque de *ítems* emocionales de videojuego que sanaban a ambos. Una mujer hermosa quería hablar con él; sin embargo, el robusto estudiante no deseaba hablar mucho. Lo único que tenía para ofrecer era la sombra de las humillaciones en Aguascalientes. Ocupando casi la mitad del asiento en uno de los vagones, presionaba de manera ligera a sus amigos a su lado cada vez que el tren daba pequeños tumbos. La mirada fija de la chica comenzaba a ponerlo más nervioso, obligándolo a desviar la vista hacia el techo. Buscó concentrarse en el viento que corría por la cueva, como si pudiera llevarse consigo los recuerdos de Aguascalientes, recuerdos que regresaban en oleadas de mareo y náusea: las mentiras y los engaños de las mujeres que alguna vez admiró y quiso en su tierra natal. Recordó que, durante su paso por la preparatoria cuarenta y cinco, vio cómo los rumores se esparcieron como un fuego incontrolable. Para cuando terminó sus estudios, la mitad de la población conocía sus intentos fallidos de declarar su amor a varias mujeres. Estas, además de rechazarlo, exageraron y distorsionaron los hechos, asegurando que él había intentado sobrepasarse con ellas, aprovechándose de su confianza. Pronto, el lugar entero lo veía como un maleante, un impúdico, un pervertido; adjetivos que, según el joven, eran lanzados con ligereza hacia quienes no cumplían con los estándares físicos más aceptados. <<Como te ven, te tratan>>. Sentía que lo único que podía ofrecer era el peso de las humillaciones que lo habían perseguido desde Aguascalientes. Sin embargo, encontró el valor para romper el silencio. Le habló a su bella acompañante sobre de dónde venía, dónde estudiaba, los castillos de los reyes, el sabor incomparable de las chascas, el cariño cambiante de sus padres y su talento innato para la programación, aquello que en realidad lo hacía feliz. Con cierta seguridad, añadió que veía su trabajo como una forma de programar su esfuerzo en el presente para ejecutar su bienestar en el futuro. Diana asintió, de acuerdo con su perspectiva, y confesó que tal vez ella también debería planear mejor su vida. Admitió que sus decisiones, tomadas casi siempre de manera impulsiva, la habían llevado con frecuencia por caminos equivocados, rodeándose de personas inadecuadas. Durante la conversación, ella enredó tanto su dedo índice en un mechón de cabello que parecía que se lo arrancaría. Insinuó en varias ocasiones que la situación en la que se encontraba no tenía solución, que sentía que no había forma de escapar del lugar en el que estaba, mientras lanzaba miradas fugaces hacia sus acompañantes extranjeros. El joven corpulento, al ver su preocupación, decidió compartir algo que le entusiasmaba: una aplicación que había creado, buscando impresionarla con sus habilidades como programador. Intercambiaron números y, al recibir la app, la joven sinaloense quedó encantada con el gesto; quería saber más sobre él.

—Que pena contigo, yo no tengo nada que darte, pero te voy a tirar una cura. ¿Cuál es el animal más antiguo?...¿qué rollo? Es La cebra, porque está en blanco y negro —dijo la chica, abriendo sus grandes ojos marrones, intentando captar cualquier reacción en su receptor.

El estudiante de ingeniería rió con suavidad al principio; luego, tras procesar el chiste, soltó una carcajada más fuerte. La adolescente frunció el ceño, confundida por no haber logrado la reacción que esperaba.

—Si jala el chiste, solo que estoy en modo de ahorro de energía, a ver¿Qué hace un programador cuando tiene hambre?... Busca un byte —respondió Aarón, mostrando su sonrisa fosforescente, que brillaba en la penumbra. Después imitó la expresión de su acompañante, esperando obtener una reacción semejante.

Ella rió un poco al inicio, pero, tras pensarlo unos segundos, dejó escapar una carcajada tan fuerte que incluso sus acompañantes extranjeros detuvieron el uso de sus celulares por un instante para mirarla. Los amigos de Aarón no tardaron en unirse a la competencia humorística, lanzando una serie de chistes sobre programación, borrachos y políticos, hasta terminar en albures. Las risas de los cuatro resonaron durante varios minutos, llenando el ambiente con una camaradería efímera, hasta que, poco a poco, todos retomaron sus posiciones iniciales y recuperaron la compostura. A medida que la conversación avanzaba entre los dos desconocidos, ambos encontraron un punto en común. Compartían el anhelo de escapar de la realidad: el programador, a través del código, y la chica, a través de sus viajes y fiestas. En ese breve intercambio, cada uno descubrió un reflejo de sí mismo en el otro, como si el vagón hubiera sido testigo de un pacto tácito entre dos almas que buscaban, de forma desesperada, reinventarse.

Los hombres que la acompañaban tenían una apariencia extranjera y madura, con un escaso dominio del español. Su actitud destilaba frivolidad, reforzada por sus trajes de marca italiana y los *vapes* cargados con químicos de dudosa legalidad.

Sus cabellos, mal teñidos y peinados hacia atrás con exceso de gel, acentuaban la imagen de superficialidad europea. Las miradas, prejuiciosas y burlonas, se centraban en la alegre joven y en el estudiante con quien conversaba, para luego volver entre ellos. Hablaban en alemán, reían de forma sutil y anotaban algo en sus celulares. Antes de que pudieran continuar con su conversación, el vagón llegó a su destino. Uno de los acompañantes de Diana los interrumpió. Se presentó ante los demás como Giulio, un hombre de cejas pobladas y ojos oscuros que observaba sin fijar la mirada en ninguno de los tres amigos. Tomó con suavidad a la chica de la muñeca y la jaló fuera del vagón, como si fueran a iniciar un baile de tango, para después devolverla con su grupo. La joven se despidió con un gesto amable y caminó junto a sus compañeros hacia la discoteca. Su rostro, que había reflejado una suave y cálida felicidad, se transformó en una expresión fría y afilada. El corpulento muchacho permaneció sentado, desconcertado, incapaz de reaccionar ante aquella acción inesperada. Los tres amigos, al caminar hacia la discoteca de la mina, vieron varios displays publicitarios distribuidos en los alrededores de la cueva con dos grandes cifras doce y veintiséis. Ese día era sábado veintiséis de abril, fecha del Festival Cultural de Zacatecas. Durante este evento, diversas celebridades artísticas y políticas se congregaban en antros y espacios públicos, impregnando el ambiente de suposiciones y chismes; se rumoreaba que importantes políticos de Brasil y Rusia estarían presentes y que, como parte de una tradición informal, un príncipe de Inglaterra solía hacer apariciones sorpresa cada tres años. En ese mes, los restaurantes de la ciudad elevaban tanto los precios como la calidad de las bebidas alcohólicas y los platillos regionales; mientras tanto, en las áreas VIP, las opciones se extendían a sustancias psicoactivas camufladas bajo nombres clave como Éxtasis, Néctar o FX; ketamina (conocida como tranquilizante para gatos); Rohypnol; anfetaminas; y otras más. Los compañeros se sentaron en la barra de la discoteca y cenaron. Aarón optó por un sushi California roll para mostrar sus habilidades con los palillos chinos y su forma de planear las cosas como si fueran piezas de ajedrez; Dhruv Sharma, un joven delgado de Nueva Delhi, eligió alitas de pollo picantes con salsa Tabasco, manchándose todos los dedos de un color naranja radioactivo, sin miedo a nada; Miguel pidió una cochinita pibil y comía con cuchillo y tenedor, colocándose un pañuelo blanco en el cuello para no mancharse, como en sus estudios, procurando no involucrarse en los aspectos técnicos del trabajo. El joven de Carolina del Norte comenzó a hablar sobre una nueva inteligencia artificial que, según él, era capaz de realizar todo su trabajo en cuestión de segundos; El hidrocálido lo contradijo, argumentando que la calidad del código generado era deficiente y que el enfoque resultaba muy inferior a la programación orientada a objetos que él dominaba; El hindú, por su parte, expresó su preocupación por los riesgos de compartir datos con máquinas, mencionando la prueba de Turing y los escritos de John R. Searle. La conversación subió de tono cuando el joven atlético de Carolina del Norte manifestó su desacuerdo con un proyecto presentado meses atrás en la facultad de sistemas; Dhruv lo apoyo, criticando la aplicación como una herramienta que solo beneficiaría a alcohólicos y drogadictos, convirtiéndose en una forma de burlar a las autoridades. El amante del sushi respondió con firmeza, destacando la necesidad de educar a las autoridades y señalando que, bien utilizada, la tecnología podría prevenir numerosos accidentes, asesinatos y enfrentamientos innecesarios. Sacó su celular y activó la aplicación llamada *Drunk or Stoned*: esta herramienta empleaba la cámara fotográfica para analizar niveles de alcohol y otras sustancias psicoactivas, utilizando parámetros como temperatura, iluminación, sonido y frecuencia; amplificaba y ajustaba estas variables según la proximidad a la cámara, mientras la inteligencia artificial completaba las lagunas en los datos recopilados, y, a partir de patrones registrados en su base de datos, generaba perfiles y determinaba el estado en que se encontraba la persona observada. En la discoteca, la mayoría de los asistentes aparecían en la pantalla con un color amarillo, lo que indicaba estado de embriaguez. Aarón caminó hacia la pista de baile, tomando más muestras mientras sus amigos continuaban discutiendo y rechazando la utilidad del proyecto. Después de un rato, se dejó llevar por la música, girando sobre su eje mientras grababa con la cámara del celular. Fue entonces cuando, entre la multitud, distinguió a Diana. La aplicación mostró un color rojo intenso sobre su figura, lo que señalaba no solo un alto nivel de alcohol en su sistema, sino también la presencia de drogas. <<¿Todo el tiempo que hablé con ella fue un engaño? ¿Solo los efectos de un alucinógeno... LSD, cocaína, metanfetamina?>> pensó para sí mismo. Ajustó el zoom para enfocar su rostro y confirmó lo que temía: Diana no parpadeaba;

sus pupilas estaban dilatadas y alternaba entre la hiperactividad y el letargo. Estaba en un estado extraño que algunos hombres aprovechaban para tocarla de manera indebida, mientras las risas resonaban a su alrededor. Ella, sin embargo, mantenía un rostro serio, una especie de máscara emocional que no dejaba traslucir ni una pizca de lo que en realidad sentía. El rollizo estudiante intentó concentrarse en la cámara mientras giraba su celular de forma horizontal y grababa el resto del lugar. La canción *Walking on a Dream*, de Empire of the Sun, comenzó a llenar el ambiente, mientras un torrente de colores rojos y amarillos aparecía en su pantalla, identificando a las personas con altos niveles de alcohol o pequeñas dosis de marihuana en sus sistemas. Al enfocar a sus dos amigos, notó que ambos lucían un tono verdoso, lo que indicaba que no habían tomado ni una gota de alcohol.

—¡Puro *Straight Edge*. Así vivo...*bas*! —gritó Dhruv sin temor.

Miguel, confundido, le preguntó qué significaba eso. Dhruv le explicó la existencia de una subcultura de los años ochenta, libre de drogas y alcohol, mientras le mostraba una "X" trazada con marcador en la mano. El hindú continuó hablando con entusiasmo, pero su compañero había dejado de escuchar. Aarón, dentro de la pista de baile, grababa a las personas con su celular. Las reacciones eran variadas: algunos se asustaban, otros hacían gestos cómicos o levantaban la mano en señal de heavy metal, como si emularan a Dio; la mayoría solo gritaba. El sonriente muchacho mostraba sus brackets fosforescentes mientras se movía en el centro de la pista como un gigantesco trompo, girando sin cesar. Deseaba experimentar lo que era estar bajo el influjo del alcohol y las drogas, liberado de la constante preocupación por encajar en la sociedad. Un hombre de aspecto estadounidense, con shorts cortos y sin camisa, se acercó bailando y le preguntó si era Fat Joe Rubins, un reguetonero famoso en Texas. El robusto estudiante se esforzó por aclarar el malentendido, pero, en cuestión de minutos, estaba rodeado por al menos ocho personas; algunos comenzaron a tomarse selfies con él y otros cantaban una canción llamada *Baby You Know*. Sin embargo, lo que lo delató fue su mal inglés y su falta de ritmo al bailar. A medida que pasaban los minutos, todos comprendieron la verdad: no era más que un muchacho gordo y excéntrico, un *doppelgänger* que había irrumpido en la pista para grabarlos.

<<¿De qué me sirve planear las cosas? ¿De qué me sirve analizar cada evento? Solo me dejaré ir por el momento, disfrutaré mi vida y el presente. Como estas personas que se me acercan, así de rápido vienen y así de rápido se van>>, pensó mientras las luces giraban a su alrededor, encandilándolo. El ambiente era cálido y húmedo, y el volumen ensordecedor de la música lo desestabilizaba. Era una sensación incómoda, pero decidió soportarla; quería aprender a disfrutarla. Por momentos, dirigía su mirada hacia Diana, quien también lo observaba. A diferencia de las risas y burlas de las personas a su alrededor, los ojos de la chica reflejaban seriedad y preocupación. <<Pero así es la vida, ¿no? Hay muchos peces en el mar, y aunque las cosas a veces parezcan al alcance, están más lejos... Tal vez en otro estado, tal vez en otro país>>, reflexionó para sí mismo. Intentó bailar al estilo *The Woah* mientras mezclaba movimientos como *The Hustler* con *The Dice Roll*. Por un breve instante, la gente le hizo espacio para que mostrara sus pasos, y logró captar su atención; sin embargo, el esfuerzo le pasó factura: comenzó a sentirse agitado, como si le faltara el aire. La sensación de encierro y la presencia de tantos desconocidos a su alrededor lo abrumaron. Al final, salió de la pista de baile y se dirigió hacia sus amigos,

buscando refugio en su compañía. Observó cómo Diana se levantaba de su mesa para dirigirse al baño. Decidió seguirla y, al alcanzarla, le preguntó si se encontraba bien. La joven miró hacia la mesa donde estaban sus amigos alemanes e italianos, quienes reían y brindaban con copas de vino espumoso Sala Vivé Brut; su expresión reflejaba cansancio y desinterés.

—Déjame como estoy. No es buen momento, que pena

—respondió Diana, algo despistada, mientras desviaba la mirada al suelo e intentaba mantener el equilibrio.

El programador, preocupado, sacó su celular y lo puso frente a ella para mostrarle su aplicación. Con voz calmada pero firme, le sugirió que la utilizara, explicándole que el estado en el que se encontraba era peligroso. Según la app, estaba a punto de sufrir una sobredosis. Al escuchar esa palabra, la mujer sinaloense pareció despertar de su letargo. De inmediato tomó su celular y ambos compartieron información.

—Ta' bueno, pero cuando tu color cambie de rojo a rosa, será necesario que vayas a un hospital. De lo contrario, te llevarán desmayada o en una bolsa mortuoria —le advirtió el hidrocálido con seriedad.

Después de eso, Diana corrió al baño y permaneció allí por un largo tiempo. Un joven con traje azul y camisa blanca se acercó a Aarón: era Giulio, el italiano, quien lo increpó por la situación de su amiga. El turista, preocupado, le explicó que ella estaba a punto de sufrir una sobredosis si continuaba en ese estado. El italiano frunció el ceño y lo miró de manera fija con sus ojos negros durante unos segundos; luego, sin decir palabra, entró al baño de mujeres y sacó a Diana del brazo. La pareja discutió antes de regresar al área VIP, mientras el estudiante, con el peso de la inquietud, se dirigía de nuevo hacia sus amigos. Sin embargo, antes de llegar a la barra, otra mujer lo tomó del brazo, deteniéndolo en seco. Era una dama de piel aperlada, con un peinado al estilo pin-up adornado con dos rizos pequeños en la parte superior de la cabeza. Vestía una camisa blanca y una falda larga color café. Su rostro mostraba preocupación y melancolía. Tomó el brazo de Aarón con tanta fuerza que comenzó a lastimarlo.

—Disculpe... me llamo Carmen —dijo, presentándose con formalidad—. Busco a mi padre, pero me está ganando este encierro... me siento mareada. Ayúdeme, por favor.

Mientras Carmen hablaba, los dos amigos del estudiante se acercaron, alarmados por la expresión de la mujer. El ambiente, antes vibrante, se tornaba poco a poco frío y sombrío, impregnado de una tristeza que calaba hondo. Tras escucharla, el hidrocálido explicó a sus compañeros que era necesario sacar a la mujer de la cueva. Ellos, ya aburridos del lugar y sin haber entablado conversación con nadie, accedieron a acompañarlos de regreso al hotel.

Los cuatro comenzaron a caminar hacia la estación, con la dama luchando por controlar su respiración agitada. En ese momento, el decepcionado estudiante echó un último vistazo hacia la discoteca. Desde la barra, la sinaloense lo observaba con una expresión de tristeza. Por un instante, pareció que quería saludarlo, pero la respiración pesada de su nueva acompañante lo devolvió a la problemática actual. El aroma que antes evocaba cerezas había cambiado: ahora olía a sudor y humedad. La música de *Kaskade*, *Escape*, comenzaba de forma suave y lenta, llenando el aire con una atmósfera etérea. Llegaron al andén y subieron al último vagón del pequeño tren, que de inmediato se puso en movimiento. Un leve temblor, acompañado del crujir de la madera, los sacó de su letargo. La dama, con evidente nerviosismo, explicó que debía regresar a la mina para buscar a su padre. Aarón, sin apartar la mirada de la mujer, le advirtió que los vagones ya estaban en movimiento y pronto abandonarían el lugar. Aquellas palabras provocaron que la muchacha rompiera en llanto, mientras comenzaba a hablar de su padre con una mezcla de angustia y desesperación. Preocupado, el programador sacó su celular para utilizar su aplicación y analizar bajo qué sustancias podía estar influenciada. Sin embargo, el filtro de la app la mostró en tonos azules, algo que no correspondía con ninguno de los estados habituales que la aplicación debía detectar. Confundido, reinició el programa varias veces, llegando a la conclusión de que algo estaba fallando en el sistema. Antes de continuar cuestionándola, decidió guardar silencio por un momento, dejando que ella se desahogara mientras intentaba comprender qué estaba ocurriendo. Mientras los vagones avanzaban, ella explicó que había entrado a la mina para buscar a su padre, quien trabajaba hasta altas horas de la noche con un único propósito: evitar que su hermano tuviera que hacerlo. Quería que él dedicara su mente a los estudios y nunca tuviera que pisar una mina. En segundos, comenzó a palidecer y cerró los ojos con lentitud. Dhruv, preocupado, le preguntó si había consumido algún químico. Ella negó con la cabeza y explicó que lo único que había inhalado era el polvo que los trabajadores del fondo levantaban con frecuencia. Los tres amigos intercambiaron miradas de preocupación. El creador de la aplicación volvió a usar su celular sobre ella y obtuvo el mismo resultado. <<Ya comenzó a fallar la aplicación. Seguro es por la luz en la cueva>>, pensó mientras bajaba el celular. Miguel recordó algunas prácticas de su hermana psicóloga e intentó mantenerla despierta y ocupada con preguntas.

—*You feel*... ¿Sientes ansiedad, miedo, mareo, *exhaustion* o dolores de cabeza? —preguntó mientras iluminaba su rostro con la linterna del celular.

—¿Qué es ansiedad? —replicó ella, con una mezcla de curiosidad y agotamiento.

—Bueno, es cuando tu cuerpo reacciona ante la preocupación o el miedo —intervino Dhruv, intentando simplificar la explicación.

La mujer lo miró con una expresión cansada pero firme y explicó que su familia no tenía tiempo para sentir esas cosas. Para ellos, la vida era trabajo. Con una escolaridad máxima de secundaria, se enorgullecían de ser honestos y sinceros consigo mismos. Su familia se cuidaba de manera mutua, y su padre siempre le había enseñado que, dentro de la mina, había que velar por los demás. Si alguien detectaba un peligro, debía buscar la forma de evacuar. Sin embargo, ese día había sido diferente: su padre, José, había visto una oportunidad para pagar las deudas que lo agobiaban y, quizás, sacar algo extra de contrabando para la familia. Dhruv recordó que, al inicio del recorrido, el guía había mencionado que la mina llevaba muchos años sin utilizarse para la explotación de minerales. Con claridad, la joven deliraba, pero él no quiso empeorar la situación; intentó reconfortarla y hacerla sentir mejor. Algo extraño comenzó a ocurrir en su pensamiento. Imaginó a Carmen esforzándose día con día por su familia: preparando la comida, ayudando a su madre enferma. La vio entrar a la mina en busca de su padre y sintió un profundo dolor que emanaba de ella. Intentó tomarle la mano, pero antes de tocarla se contuvo. No quiso sobrepasarse con alguien que era una completa desconocida.

<<No te me asustes... todo va a pasar>>, pensó para sí mismo, aunque la voz interior sonó suave, dulce y femenina.

Aarón seguía convencido de que Carmen estaba en estado de shock. Sin embargo, al escucharla, comprendió el gran sacrificio que su familia hacía para que él pudiera estudiar en otro estado. Reflexionó sobre cómo la avalancha de sentimientos podía resultar abrumadora y cómo, desde ciertas perspectivas, los problemas parecían más grandes de lo que en realidad eran.

—Aquí la vida no es tan rápida. Todo se va cociendo a fuego lento en una olla de barro. Así, los guisos quedan más sabrosos —dijo Carmen con calma, transmitiendo una sabiduría sencilla pero profunda.

La dama miró a Dhruv y le dedicó una sonrisa sincera, un gesto que provocó que el joven turista se sonrojara por un momento, incapaz de ocultar su reacción.

—Carmen, ¿piensas en Dios? —le preguntó Dhruv, sacándola de su trance.

—Soy católica, claro que sí. Voy a misa casi todos los días —respondió Carmen, algo ofendida, arqueando la ceja derecha.

—Una persona menos que convertir, Miguel —interrumpió Aarón, provocando la risa de Dhruv.

—Yo pienso en la reencarnación, también en la realidad absoluta —alzó la voz Dhruv para recuperar la conversación con Carmen.

En cuestión de segundos, los tres amigos comenzaron a debatir sobre qué religión era mejor: el hinduismo, el catolicismo o el cristianismo. La chica estiró los brazos para separarlos y evitar que acabaran en una pelea campal. Antes de que pudieran continuar, un estruendo repentino llenó la caverna. Las paredes comenzaron a derrumbarse. Las piedras cayeron de forma amenazante cerca del vagón en el que se encontraban. El hidrocálido sintió cómo su corazón se aceleraba mientras cerraba los ojos, intentando calmarse. En medio del caos, la voz de la mujer seguía resonando.

<<Pero si yo no vi a ninguna persona con la descripción del padre de Carmen o con esa edad... a lo mucho al cantinero, pero él no parecía muy perdido>>, pensó el hidrocalido, recordando lo que había observado.

En ese instante, los vagones se volcaron y los pasajeros que sobrevivieron a la caída comenzaron a correr despavoridos, mientras el colapso continuaba detrás de ellos, dejando tras de sí una nube de polvo y el estruendo ensordecedor de las rocas cayendo. Dhruv luchó por sujetar la mano de Carmen, pero la fuerza del choque lo lanzó varios metros fuera del vagón. Se levantó y miró a su alrededor; talló sus ojos para mejorar su visión y buscar a la mujer, pero sus amigos lo jalaron del brazo y lo obligaron a correr hacia la salida. Los temblores continuaron sacudiendo la mina. El sonido de una enorme y asfixiante tormenta de arena arrasaba con todo a su paso. A pesar del caos, la confusión y la poca visibilidad, lograron ver una luz al final del túnel. Corrieron como si el diablo los persiguiera. Los dolores en las articulaciones y las punzadas en los nervios anunciaban el límite de su resistencia. Uno a uno fueron cayendo al suelo; sin embargo, habían llegado. Estaban fuera de la mina. El preocupado hindú volvió a entrar. Entre el polvo y la multitud que huía, apenas pudo avanzar unos cuantos metros. Las siluetas se confundían entre quienes corrían y quienes intentaban rescatar a un ser querido. El joven solo pensaba en encontrarla. Se abrió paso entre el humo y las paredes vibrantes de la cueva. Minutos después, enormes rocas cayeron, sepultando por completo la boca de la mina y volcando los vagones metálicos que quedaban. El joven, desconcertado, comprendió que no podría regresar por Carmen, de ninguna forma. Regresó a la salida, abrazó a sus amigos y los tres miraron hacia la cueva.

—Me esforcé por tomarle la mano, de verdad me esforcé, *maine koshish ki, maine koshish ki* —gritó Dhruv entre lágrimas.

—Sí lo vi, Dhruv. Los vi a los dos. Sí que lo intentaste, *my friend*... lo siento mucho —contestó Miguel.

Ese lamento fue el primero de muchos que, como una onda sónica, se extendieron por el desierto, intentando llegar hasta el cielo. El humo se dispersaba con lentitud por la entrada principal, ocultando los negocios y a sus dueños. Al final, habían salido de la mina. Dhruv esperaba ver a Carmen entre la multitud, pero no había rastro de ella. El encargado del recinto comenzó a revisar la lista de visitantes mientras llegaban los bomberos, el personal de protección civil y las ambulancias del hospital Santa Engracia. Según explicó, un hombre corpulento, vestido de manera casual y perteneciente al centro turístico, informó que la mitad de los visitantes del horario de seis a siete aún permanecían dentro. Afuera, la gente se dividía entre el miedo, la ira y la búsqueda de alguien a quien culpar. Cuando Aarón tuvo la oportunidad de hablar con el encargado, este revisó con detenimiento la lista de visitantes.

—A ver, señor, ¿cómo dijo que se llamaba? —preguntó el guardia, hojeando la lista con gesto cansado.

—Carmen. Una mujer de cabello oscuro y rizos grandes, vestida... no sabría decirlo, como de otra época —dijo el hindú antes de que su amigo comenzara a explicar.

El hombre guardó silencio un instante, mirando hacia la entrada ennegrecida de la mina.

—A veces —murmuró— me cuentan de personas así. Gente con ropa vieja, como de revista antigua. Dicen que suelen venir a estas horas, aunque... —suspiró— la mayoría de las mujeres que llegan no usa su nombre real. Tal vez el que mencionó no sea el suyo.

Desvió la mirada hacia la oscuridad, como buscando algo que ya no estaba.

—Lo raro —añadió en voz baja— es que a esas personas yo nunca las veo entrar… ni salir.

Pasó el dedo por la hoja, línea por línea, y negó con la cabeza.

—Pero no hay nadie con ese nombre. Ni con el de Diana.

Los tres amigos quedaron petrificados al escuchar aquellas palabras. Aarón sintió cómo una ola de inutilidad lo invadía, una mezcla de culpa y desconcierto. Más tarde, debido a problemas con el avión de la aerolínea Germex, tuvo tiempo suficiente para reflexionar sobre lo ocurrido. Las autoridades, los bomberos y Protección Civil determinaron que el derrumbe fue provocado por una falla geológica. El cerro llevaba siglos soportando una tensión invisible, y el tiempo hizo el resto. El sobreviviente pensó en lo afortunado que era de estar vivo junto a sus dos amigos después del derrumbe y en el extraño encuentro con Carmen, una deuda emocional que no sabía si podría saldar. También recordó a Diana: la pérdida de alguien que, aunque acababa de conocer, sentía única e irrepetible, alguien a quien nunca volvería a ver.

A veces salimos del derrumbe. Otras, vivimos años corriendo bajo sus ruinas, hasta que quiebran incluso la voluntad más fuerte. Todo depende de nuestra resiliencia... y de si aún queda alguien dispuesto a sostenernos cuando dejamos de creer en la salida.

<<¿Y si me escapo contigo?>>

La frase de la canción *Escape*, de Kaskade, resonaba en su mente, encapsulando la mezcla de melancolía y anhelo que lo dominaba.

CAPÍTULO 2
Proyecto integrador

28 de abril de 2025

El día comenzó con la expectativa que generaba Katy Perry en Monterrey por su concierto de esa noche. Las mujeres estaban mejor vestidas de lo normal y los hombres las miraban más veces de lo habitual. El calor del sol se mezcló con la contaminación del tráfico de la mañana y con el ruido del cláxon de los escarabajos de huesos de acero y piel de plástico. Mientras la población de la ciudad crecía de manera descontrolada, alimentandose de la energía de lo que quedaba de una moribunda Madre Naturaleza y de la esperanza de los jóvenes estudiantes, licuando sus creencias y conocimientos adquiridos en la universidad y convirtiéndolos en verdades a medias, *fake news* y publicaciones sin *likes*, hasta ser enterradas en millones de *bits* de datos.

Solo en la Facultad de Sistemas se atrevían a poner una clase a las seis de la mañana llamada "Matemáticas Discretas II". Después de varias horas de problemas de ordenamiento y agrupación, Aarón y sus compañeros durmieron en la cafetería por dos horas completas, seguidas de "Cálculo Numérico" a las nueve de la mañana. A las diez, comieron una gran dosis de tacos en el puesto Los Ladrillos; en varias ocasiones eso era suficiente para quitar el hambre por el resto del día... o para convertirse en una infección por bacterias como la salmonella. A las once asistió a "Ética Profesional e Ingeniería", y al mediodía tuvieron que mostrar su proyecto en equipo. Para ese momento, los alumnos se sostenían solo por voluntad propia. Los únicos que lograban organizarse y presentar un proyecto digno ante los maestros, en el auditorio de la facultad, eran los apasionados por la carrera.

Era el lugar más limpio de toda la facultad, con ladrillos pintados de color blanco y columnas grises. Se usaba la mayoría de las veces para eventos importantes. Sin embargo, debido al estado de los salones, la electricidad y el calor de cuarenta y cinco grados que hacía en la universidad, los maestros tomaron la decisión de juntar a todos los grupos en el auditorio, el único con aire acondicionado funcional, para revisar algunos productos integradores y, de paso, evitarse algo de trabajo. El auditorio de la Facultad de Sistemas de la Universidad Nortec estaba abarrotado de equipos de trabajo. Todos prestaban más atención a sus celulares y a TikTok que a lo que decían los mayores. Los maestros implementaron un proyecto que se evaluaría de manera multidisciplinaria, y el jurado estaba compuesto por los profesores Arturo Méndez, Marta Flores y Enrique Ruiz. Arturo, quien impartía *Bases de Datos*, tenía la mala reputación de calificar muy bajo, basándose en si el proyecto era lo que él quería o si la persona que lo presentaba le caía bien. La maestra Marta, encargada de *Desarrollo de Software*, era justa y se enfocaba en los objetivos de la materia; mientras que Enrique, especializado en *Redes y Sistemas Distribuidos*, era más permisivo. Si el proyecto era bueno, la presentación atractiva y el equipo tenía buena apariencia, era posible obtener una calificación regular. Sin embargo, Aarón y su equipo se enfocaban tanto en el código y la programación que no detectaban esas extrañas reglas de la cultura universitaria. Después del décimo equipo, los tres amigos bajaron las escaleras de la sala de conferencias. Caminaban con paso lento y torpe, como un grupo de esclavos con grilletes. Dhruv, que usaba su camisa azul oscuro de la suerte, la de hockey favorita con el número treinta y siete del portero Connor Hellebuyck de los Winnipeg Jets, miraba a las mujeres que le gustaban en la carrera y que lo tenían en *benching*, una práctica con la que estaba familiarizado. Las mujeres lo mantenían entre la esperanza de ser amigos y algo más, mientras buscaban un mejor candidato. Morgana, una chica de pelo largo, apariencia *steampunk* y otaku, lo tenía en ese concepto desde medio semestre; y lo más cercano que había estado de ella fue un abrazo y un beso en la mejilla de despedida después de ayudarle con un trabajo de diseño de interfaces. También observaba a compañeras que en redes sociales le aplicaron *ghosting* y, sin embargo, como Jesús al tercer día, estaban presentes en las presentaciones finales del semestre. Noemí Garza era una de ellas. Miguel, por su parte, traficaba con *mods* para videojuegos, donde los personajes principales estaban en ropa interior o casi desnudos, y se los vendía a chicos de preparatoria que se dejaran. Tenía un catálogo lleno de modelos; era la tendencia en esos tiempos, y el joven era un modelador 3D excepcional, llegando a competir incluso con diseñadores orientales. Sin embargo, ese día tuvo que lidiar con algunos clientes que no querían pagar, así que publicó su descontento en redes sociales. No solo los tres amigos tenían que soportar la presión académica, sino también la indiferencia social. Nadie sabía que existían de manera presencial; su vida estaba por completo en el metaverso, y el éxito en esa materia no auguraba un salto a la vida amorosa de ninguno de los tres enanos de Moria. Bajaron mientras un equipo de chicas vestidas con ropa de diseñador color rosa subía contento, celebrando el noventa que les había puesto el maestro Arturo solo por ser de su agrado. Lorena, otro fantasma en la vida de joven hindú, miraba al piso para evitar el contacto visual con él. Los tres compañeros vestían pantalones de mezclilla y camisas con estilos diferentes, pero Aarón seguía usando su camiseta de videojuegos. Esta vez era de *God of War*. El profesor Arturo los miró de pies a cabeza por un momento, movió la cabeza en señal de rechazo, escribió algo en su laptop y preguntó sobre su proyecto *Drunk or Stoned*. De inmediato, los espectadores de la sala de conferencias estallaron en risas. Incluso alguien, desde el fondo, gritó que estaba borracho; otro aseguró que estaba drogado. El hidrocálido se petrificó por un momento. Sus manos comenzaron a temblar y las palabras no llegaban a su boca. Pensó en la terrible idea que representaba lo que estaban mostrando. <<Tal vez sería mejor que todo se derrumbara>>, pensó para sí mismo. Sin embargo, no ocurrió. La maestra Marta, la más joven de los tres jueces, miró su iPad de diez pulgadas, ajustando sus lentes de aumento mientras entrecerraba sus ojos hundidos y grises. Pidió una explicación sobre la aplicación de una manera amable y empática con el nerviosismo del estudiante. Entonces, como un tsunami, el grueso estudiante explicó todo lo que sabía de la aplicación: qué hacía, cómo funcionaba, cómo estaban estructuradas las bases de datos. Los tres maestros quedaron impresionados con el nivel de lógica en la programación. Llegó un punto en el que la exposición se volvió confusa para algunos docentes: el algoritmo mezclaba luz oscura, infrarroja y ultravioleta para detectar patrones de temperatura, comportamiento y hábitos humanos.

—Puedo tomarle una foto a toda la sala de conferencias y, con base en este patrón de colores, mostrarles qué tan borrachos y/o cricos, digo drogados, digo bajo los efectos de sustancias andan. —tartamudeó Aarón por el nerviosismo, provocando más risas, aplausos y algunos gritos de desaprobación.

El maestro Arturo, el más viejo y con más tiempo en la institución, lo detuvo. Con desagrado, abrió la boca con una dentadura amarillenta por el cigarro y les pidió que explicaran las ventajas, desventajas, el aspecto económico, el tiempo y la viabilidad de su trabajo.

—Las evidencias que presentaron son suficientes para validar la funcionalidad de la aplicación. Sin embargo, lo realmente importante ahora es definir el mercado objetivo: ¿qué tipo de empresas se beneficiarían de esta solución? ¿Qué necesidad concreta atiende y cómo se alinea con su estrategia de negocio? —preguntó el maestro, levantó el rostro y bajó la mirada hacia los alumnos.

El líder del equipo cedió la palabra a sus compañeros Dhruv y Miguel para que presentaran el plan de negocios. Sin embargo, Arturo no quedó satisfecho y les dio una calificación regular. El docente, de tez morena con manchas producto de la obesidad, se rascó la nariz grasosa y explicó que el producto era bueno y confiable, pero que no se adaptaba a las necesidades de la sociedad. Necesitaban un producto más amigable, alineado con el mercado y costeable. Los tres estudiantes bajaron del escenario para que otro equipo presentara su proyecto. Sin embargo, la ovación de sus compañeros los sorprendió; algunos incluso discutían los posibles usos indebidos que podrían darle a la aplicación. El líder del equipo sintió su celular vibrar en el bolsillo por las solicitudes de amistad de sus compañeros en redes sociales. El equipo de los tres enanos de Moria saludaba triunfante mientras volvía a subir las escaleras del auditorio para sentarse en su lugar. El más corpulento del grupo regresó y se sentó junto al maestro Arturo para renegociar la calificación. No le gustaba aspirar la colonia barata del docente, mezclada con la cebolla de los tacos de la calle y tal vez con algún tipo de alcohol, pero su beca estaba en juego. Logró observar de reojo que el maestro, en su laptop, sostenía una conversación con una de las alumnas que había presentado antes que su equipo, aunque solo alcanzó a distinguir un corazón entre el texto. El celular de Arturo sonó con un tono de música relajante y sensual: era la canción *Murió la flor*, de Los Ángeles Negros. El maestro, de inmediato, silenció el celular y lo guardó en el bolsillo del pantalón. Aarón intentó discutir sobre los aspectos técnicos del proyecto, pero Arturo insistió en que el plan de negocios era esencial. Marta, quien escuchó la conversación, se percató de que Arturo no los había cuestionado de la misma manera que a los demás equipos. Al final, Marta intercedió y les dio un noventa. Además, les asignó una tarea especial: probar la aplicación con varias personas para mejorar la experiencia del usuario (UX/UI). Si el proyecto resultaba exitoso, calificaría al equipo con un cien.

—Lo hiciste bien, dog; that motha quería ponernos un miserable ochenta... ándele, güey, para que aprenda. Otra vez estamos en deuda contigo, señor de los enanos —dijo el estudiante de Carolina del Norte.

El equipo de "Los Enanos de Moria" aceptó el reto. Mientras sus compañeros se acercaban para felicitarlos, el líder concluyó algo: sus conocimientos de programación eran un medio artificial para conectar con la gente. <<¿Por qué no te quedaste a platicar conmigo, Diana? Tal vez hubiéramos escapado juntos, estúpida *junkie*>>.

MINECRAFT
37

CAPÍTULO 3
El error

29 de abril de 2025

El puercoespín norteamericano que habita en Chihuahua camina solo por la sierra. Es nocturno y silencioso; no vive en manadas. Con el paso del tiempo, le resulta cada vez más difícil conseguir alimento debido a la escasez de árboles en la zona. Solo en los meses más fríos cambia su comportamiento y, en grupos, busca un mismo refugio para compartir el calor corporal y superar la temporada. Sin embargo, sus espinas los lastiman, y es mediante prueba y error que deben encontrar la distancia correcta para permanecer unidos y lograr sobrevivir en la aridez del desierto tecnológico, entre la tierra helada mezclada con vigas y cables de las manufactureras electrónicas y el ensamblaje de productos tecnológicos.

Un departamento al sur de Monterrey, Nuevo León, en el año 2025 costaba entre quince y veinte mil pesos al mes, sin incluir los servicios. Esto puso a los padres de Aarón en un problema y provocó que su hijo tuviera que buscar nuevos lugares para vivir. Su amigo Miguel escuchó su situación y le propuso compartir su amplio departamento, ubicado en el centro de Monterrey, en los condominios La Finca, junto con él y su otro compañero, Dhruv, quien llevaba ya algunos días hospedado ahí, hasta que consiguieran un lugar en forma. Para los recién llegados era un evento feliz, pero para el mecenas se convirtió en un gigantesco problema. Miguel era un joven extrovertido y hablaba de forma directa, a diferencia de sus compañeros, que gustaban de darle varias vueltas a las discusiones. Con una apariencia casual, le gustaba usar camisas tipo polo y pantalones de mezclilla, pero esto contrastaba con su exagerada pulcritud: se lavaba las manos cada vez que tocaba algo sucio y tenía sensores en todas partes para controlar desde la ropa hasta la comida en el refrigerador. Le gustaban los juegos de rol, entre ellos *Vampiro: La Máscara*, que practicaba con sus amigos, pero también era un católico empedernido; para algunos, tenía el ímpetu de conversión de un cristiano misionero.

Con el paso de las horas, la ropa de los nuevos inquilinos estaba tirada por todas partes, líquidos extraños aparecían en el piso, cabellos se acumulaban en el resumidero y las peleas comenzaron. El hidrocálido programaba mientras el departamento colapsaba en un caos absoluto. El olor de su comida chatarra contaminaba el ambiente: los Doritos y los Cheetos se habían convertido en el aromatizante oficial del lugar, y en algunas partes el piso estaba pegajoso por las gotas de Coca-Cola que derramaba. A esto se sumaba la comida muy condimentada de Dhruv, que llevaba varias semanas pudriéndose en el refrigerador. Era martes, el penúltimo día para enviar los nuevos avances a la maestra Marta, lo que mantenía a todos bajo una fuerte presión y ansiedad. Mientras el desaseado programador terminaba de agregar los últimos detalles al filtro de la aplicación *Drunk or Stoned*, Miguel, furioso con el desorden, se atravesó frente a él y tecleó cifras al azar en su laptop para obligarlo a apagar la computadora y ayudar con las labores del departamento. El rollizo programador lo ignoró, pero no se percató de que su amigo había modificado por accidente una línea de código antes de correr el programa. Movió su celular para grabar a su amigo pocho, enojado, pero la cámara de la aplicación no lo detectaba. De repente, se asustó al ver en la puerta a una señora de setenta años, de complexión delgada y pequeña, cabello rizado y blanco, vestido folclórico y floreado, y unos pequeños lentes redondos que coincidían con sus ojos. La señora no dijo nada. El joven codificador recordó la apariencia de la rentera e intentó explicarle que le darían el dinero hasta el jueves. Cuando bajó el celular, la mujer había desaparecido. Sorprendido, volvió a levantar el teléfono, pero ya no estaba allí. <<¡Vaya, señora desesperada! Si uno no se cuelga un fajo de billetes como cencerro en el cuello, no me pelan>>, pensó para sí mismo el hidrocálido. Revisó el código y encontró de inmediato el enorme número que su *roommate* había insertado en una variable. Volvió a correr el programa y revisó los videos que había grabado en la mina: solo aparecía Carmen, la dama que conocieron en las vacaciones y que salvó su vida; todos los demás se veían en negro. <<Cuando la grabé, aparecía de otro color y ahora puedo verla a la perfección... qué curioso>>, pensó para sí mismo. Salió al pasillo para hablar con la rentera, pero no había nadie, solo un pasillo oscuro con un recibidor encendido y sucio. El joven sintió que la temperatura en el pasillo bajaba; una corriente de aire fría pasó alrededor de su cuerpo y golpeó las ventanas del recibidor. De repente, apareció la señora otra vez. Era pequeña, algo encorvada, pero con una identidad que solo la moda oaxaqueña podía dar a una mujer: llena de color y energía. El muchacho observó cómo la señora, de piel morena y empapada en sudor, ponía la mesa de la cocina. Le recordó a su madre y bajó el celular. El joven deseaba una verdadera comida casera. Por desgracia, todo se desvaneció al quitar la cámara del celular. Volvió a levantarlo, y la misma escena se reconstruyó ante sus ojos. El aire se volvió cálido, y los aromas del arroz y el puerco desplazaron los olores de la comida chatarra. Avanzó apresurado por el pasillo con los ojos acuosos hasta llegar al cuarto de la entrada. Un aroma delicioso y húmedo comenzó a llenar la cocina: la fragancia de la salsa hirviente y el cocimiento de la pierna de res. Entonces, una corriente verde, fresca y dulce envolvió los aromas, como un ramo de flores invisible y comestible. Se dio cuenta de que esa no era la rentera del departamento. Era una mujer con un rostro más amigable y feliz; las facciones frías que tenía al asomarse a su cuarto habían cambiado. La dama le sonrió y arqueó una de sus delgadas cejas al señalar una mesa llena de comida. El joven no podía leer sus labios, pero sabía que ella quería compañía. Abrió una aplicación que leía los labios y le dio una voz.

—Se ve rico, ¿señora? —preguntó Aarón con amabilidad.

—A mí no me digas señora. Yo soy tu madre, Margarita Josefa Ignacia de la Santísima Trinidad Juan Bautista de los Ángeles Mixtecatl. Que no se te olvide. ¿O ya te da vergüenza de dónde vienes? —le dijo de manera acelerada la mujer mientras ponía unas tostadas grandes con queso, frijoles y cecina en un plato de barro.

La mujer lo miró con detenimiento; de repente, quedó paralizada.

—¿Quién eres tú...? Tú no eres mi hijo... —dijo Margarita, alterada. Se echó hacia atrás tan rápido que golpeó una de las alacenas de la cocina y provocó que varias cajas de comida instantánea, ya caducadas, cayeran al suelo.

Ella tampoco lo reconoció. Lágrimas cayeron de sus ojos y salió con lentitud del departamento. El programador observó cómo la deliciosa tlayuda también comenzaba a desaparecer en un río de miles de lágrimas de colores. Durante treinta minutos, el joven permaneció sentado, esperando a que regresara la señora, pero no lo hizo. Entre la dulce y cálida humedad que quedó, recordó a su madre, Evelyn Bravo, preparando unos sopes al puro estilo de Aguascalientes, con carne deshebrada, lechuga, crema y queso encima.

—Lo siento, Margarita. Mi nombre es Aarón. No fue mi intención molestarte, pero debes saber que eres un espíritu y que debes avanzar —dijo el grueso joven con tristeza, mirando hacia las esquinas de la cocina, como si la mujer fuera a surgir del techo.
El nuevo inquilino había descubierto algo: con ese nuevo filtro

no solo podía ver al fantasma, sino también cómo lucían en su época, sin polvo ni heridas. Tenían una apariencia antigua pero tierna; podía apreciar desde las arrugas de preocupación en su frente hasta las lágrimas a punto de brotar de sus ojos. No contento con su experimento, volvió al cuarto que compartía con Miguel. Sacó a su amigo de Carolina del Norte de la habitación y le pidió unas horas para revisar sus nuevos hallazgos. Consultó fotos de fenómenos paranormales en redes sociales donde aparecían figuras que, a simple vista, no estaban en la imagen. Información escondida y encriptada ahora estaba disponible. Por accidente, había encontrado una mina de oro. Temperatura, sonido, video y ahora, mediante el cálculo y la reconstrucción de elementos con inteligencia artificial, todo en conjunto podía servir para medir y estudiar lo paranormal. Con este avance, aportaría elementos científicos que, combinados con la historia del lugar, los actores y los hechos, permitirían transformar los fenómenos paranormales en información cuantificable. Tal vez incluso servirían para validar experiencias personales. Sin embargo, el contexto completo jamás podría esclarecerse. Pasó una hora. Dhruv entró al departamento después de varios días de ausencia, mientras el joven de Carolina del Norte golpeaba la puerta del cuarto para exigir explicaciones al inquilino insalubre. Aarón, por fin, abrió la puerta con el rostro pálido y sudoroso: tenía el aspecto de alguien que había visto algo que no debía, de alguien que había quebrantado las reglas fundamentales del universo. Tomó del brazo a sus dos amigos y los arrastró hacia la cocina. Allí les contó todo lo que había sucedido, desde que su amigo alteró sus cálculos hasta la comida deliciosa que preparó Margarita.

—¿Todo para no limpiar? ¿*You think* que me voy a creer eso? ¿Me dejaste casi *two hours* afuera para esto? Pásame el APK...y báñate —le reclamó Miguel.

—¿Y tú sigues viviendo aquí? *Damn* Dhruv, la única vez que te vimos fue en el *trip* a Zacatecas. Si nos sigues dejando morir, te vamos a sacar del *team* —le reclamó Miguel al amigo hindú.

Los tres amigos se miraron unos a otros, esperando que alguno sacara una pistola o una navaja mariposa, pero no pasó nada. Dhruv juntó las manos en súplica e intentó pedir perdón, aunque todos regresaron a sus labores. Minutos después, el hidrocálido les compartió el archivo a través de una aplicación privada y, en cuestión de un minuto, los tres recorrían el lugar con el celular en alto y la cámara de video activa, como un grupo de turistas. Pasó el tiempo y no ocurrió nada. El titular del departamento le dio un sopapo en la cabeza al programador, mientras el chico de la India seguía buscando por todos lados. De pronto, al fondo del pasillo, vio una pequeña sombra que se movía con rapidez de un cuarto a otro. El hindú agitó el brazo para detener la pelea entre los amigos.

—Oigan, ¿desde cuándo tenemos gato? Pensé que era un *puck* de hockey —susurró el joven procedente de Nueva Delhi para no asustar al animal; murmuró un mantra, casi sin darse cuenta.

Pero, al final, los tres fueron quienes se asustaron, ya que en el pasillo no había nada visible a simple vista. Entonces, se pusieron de acuerdo y levantaron sus celulares al mismo tiempo. A la cuenta de uno, dos y tres, alzaron sus dispositivos y vieron cómo un gato negro iba de una puerta a otra hasta meterse en el cuarto de Dhruv. Miguel cayó de forma exagerada al piso, tumbando un vaso y unos cubiertos, pero sin perder la vista en el celular. Fueron al cuarto del fondo, pero ya no había nada. Todas las ventanas estaban cerradas, sin forma de que el gato hubiera escapado. El amigo seguía sin creer lo que acababan de descubrir. Entonces, volvió a girar la cámara hacia la cocina y quedó paralizado por un minuto: una señora se asomaba desde una esquina de la cocina para luego salir del departamento, enojada. <<¿Todo esto pasaba en mi departamento? Ahora, ¿cómo rayos voy a dormir?>> pensó con angustia. Los tres se miraron; sabían que tenían la primera evidencia fidedigna de la vida después de la muerte. No había barridos, desenfoques, sobreexposición ni luces extrañas... solo 6K en su máxima expresión. Los tres amigos estaban en un área desconocida. La parapsicología no era considerada una ciencia en sí misma, pero quizá con su descubrimiento podrían aportar algo al campo. Sin embargo, había un problema mayor: necesitaban dinero. Para que un descubrimiento fuera reconocido por la comunidad científica se requerían tiempo, dinero y esfuerzo. Después de varias horas de pláticas, llegaron a una conclusión: si lo que tenían funcionaba, se convertirían en la próxima red social de tendencia. Ofrecerían un servicio extraño que nadie sabía que necesitaba: hablar con los muertos, volver a encontrar a sus seres queridos. No sabían qué repercusiones traería abrir la caja de Pandora, ni qué actores se verían afectados por esta tecnología. Pero una cosa era cierta: se harían ricos en cuestión de semanas. El desarrollador de *software* explicó su nuevo plan: concluir la aplicación *Drunk or Stoned* con el código antiguo para presentarla en la facultad y, así, con la nueva aplicación, evitar compartir regalías con alguna institución educativa. Miguel llamó a la aplicación Ghost Book, lo que generó una reacción contradictoria entre los amigos.

—De los millones de nombres, y se te ocurre el más tronco y genérico. Sin duda, no eres Regis McKenna —susurró Aarón mientras cubría su rostro con la mano derecha.

—*And you are not* ningún Steve Jobs, gordo ridículo —le contestó Miguel, enojado, mientras colocaba cruces y cuadros de San Judas Tadeo en las paredes del pasillo.

—Necesitamos hacer el ritual a los ancestros para ayudar a las almas a continuar su camino… para que encuentren *shānti*, la paz espiritual —advirtió Dhruv sobre lo que estaba ocurriendo.

En la madrugada del miércoles, después de varios cafés, discusiones y botanas, tenían un plan completo. Enviaron la aplicación *Drunk or Stoned* a la maestra con el código original, mientras que el código alterado lo usarían para la nueva aplicación, la cual incluiría un apartado para redes sociales, publicidad, métricas, planes y membresías. Miguel, por su parte, habilitaría funciones especiales para la policía, el cibercrimen y la asistencia social, entre otros usos. Antes de que todos se fueran a dormir, los tres amigos recibieron la misma notificación de un usuario de *Drunk or Stoned*; provenía de Zacatecas. El hidrocálido pensó en Diana y en la posibilidad de que siguiera con vida, pero la información que recibía solo indicaba que su aplicación estaba siendo utilizada en otra parte del país. Si trabajaba un poco más, tal vez lograría que la app le proporcionara más datos: el perfil de la persona, algún mensaje de prueba o incluso una captura del celular. Marcó el número que Diana le había compartido, pero no había cobertura debido al derrumbe. Llamó a las autoridades de Zacatecas, pero le dijeron que las obras serían muy lentas y que, por el momento, estaban imposibilitados.

Miguel miró a Dhruv. Estaba inquieto, como si el descubrimiento de su amigo lo hubiera alterado aún más y quisiera estar en otra parte. Miraba su celular mientras prendía la albahaca que había sacado de su cuarto; estaba distraído. El joven norte-caroliniano lo cuestionó y le reclamó su falta de atención en el proyecto de la escuela; necesitaban su ayuda para llenar las partes de la documentación que le correspondían. El estresado hindú se disculpó con ambos, explicando que a uno de sus tíos le habían diagnosticado cáncer colorrectal avanzado y que tenía que visitarlo con frecuencia, pues sus primos no podían atenderlo siempre. Miguel seguía enojado con su amigo, pero deseó parecer más empático; sabía que esas ausencias no terminarían y que acabaría trabajando su parte del proyecto solo. En ese momento no tenían espacio para excusas, ya que sus calificaciones también estaban en juego. Ahora todo el departamento olía a albahaca. Era una madriguera entre cemento y cables de computadora.

CAPÍTULO 4

Las pruebas

30 de abril de 2025

Hace muchos años, las fosas colectivas y los panteones municipales de Monterrey, Nuevo León, fueron clausurados y transformados en zonas urbanas con el transcurso del tiempo. Algunos restos fueron cremados o trasladados, pero otros quedaron bajo los edificios de esas áreas. Ese era el destino de los no creyentes o de quienes carecían de recursos para separar un lugar cerca de una iglesia. Muchas almas, incapaces de trascender, permanecían atrapadas entre desconocidos vivos y muertos, lejos de su familia y de sus seres queridos.

El cementerio de Valle Alto, por la mañana, era, sin lugar a dudas, el más hermoso de Nuevo León. Algunos influencers aseguraban que era una iniciativa privada, mantenida por los empresarios más poderosos de San Pedro; otros afirmaban que existían túneles clandestinos bajo el lugar. La razón por la que los tres amigos estaban allí era que, según algunos contactos en redes sociales, ese lugar, a lo largo de la historia del estado, había sido el asentamiento con mayor energía psicoquinética de la región. En ese sitio podrían realizar la mayor parte de las pruebas necesarias. El lugar tenía una entrada rectangular y gruesa, con una reja automática que permitía a las personas ingresar en su auto y recorrer decenas de kilómetros de profundidad. Además, contaba con lectores de retina, huellas digitales, sensores de sonido, cientos de cámaras de seguridad y drones. Un guardia de apariencia finlandesa, complexión atlética y un gafete con el nombre Häyhä vigilaba con rostro frío y adusto la llegada de los estudiantes. Dhruv, a pesar de su increíble retórica, no logró convencer al hombre de seguridad de que les permitiera entrar. El vigilante era un personaje de pocas palabras, pero parecía tener muchos ojos azul brillante tras la espalda, pues cuando los tres jóvenes intentaron encontrar una entrada trasera a las instalaciones, una patrulla de policía apareció y los escoltó fuera de inmediato, advirtiéndoles que, si lo volvían a intentar, serían arrestados.

Esa misma tarde, y saltándose la última clase del día, antes de que los amigos se dispusieran a investigar otros cementerios de la localidad, Miguel encontró la manera de ingresar al panteón de Valle Alto. Un multimillonario tatarabuelo suyo, de nombre *William Clark* y originario de Washington, había muerto en Los Ramones, N. L., tras la mordida de una serpiente de cascabel, muchos años atrás. Por desgracia, la fortuna del primogénito se convirtió en la amenaza de los codiciosos. Los hermanos, al conocer por la empresa lo ocurrido, hicieron lo posible por declararlo como perdido. Así que lo enterraron en el lugar donde murió, a miles de millas de su lugar de nacimiento. La madre del foráneo de Carolina del Norte le enviaba cada año la tarjeta de acceso actualizada del cementerio de su tatarabuelo. Por desgracia, de todas las tareas que realizaba de manera meticulosa, esa no era una de ellas. La mayoría de las tarjetas y la publicidad que llegaban por correspondencia terminaban en el suelo o en el basurero. Tras varias horas de búsqueda en el departamento, no encontraron nada. Mientras tanto, Aarón estaba en la cocina preparándose un sushi de surimi, aguacate y crema Philadelphia. Recordó las deliciosas tlayudas que se desintegraron junto con el fantasma de Margarita, así como la culpa de no haber sido la persona que ella esperaba. Tomó su celular, activó la aplicación Ghost Book y, de inmediato, Margarita apareció en la pantalla.

—Margarita, lamento no ser lo que tú esperabas. Me llamo Aarón, por cierto —mencionó el estudiante mientras mordía el sushi.

—Yo de aquí no me voy si no es con mi hijo —contestó el fantasma de Margarita, que apareció caminando con rapidez por la parte derecha de la pantalla del celular.

El espíritu rodeó toda la mesa de la cocina y se metió corriendo al cuarto de Miguel, que provocó un grito de su habitante de inmediato. El programador la siguió, intentando convencerla de que ese ya no era su mundo. Dentro de la habitación, el amigo estadounidense gritaba dentro de las sabanas de su cama, mientras el fantasma señaló una de las patas de la cama. Despues de unos minutos, los dos amigos revisaron y encontraron la tarjeta del cementerio: era de color verde, venía dentro de un sobre y estaba casi aplastada.

—Yo de aquí no me voy sin mi hijo. Él es un hombre de trabajo, del Banco Águila Real. No anda perdiendo el tiempo como ustedes, viendo cosas en una pantalla. Él viene a comer, siempre viene... y cuando llegue, nos vamos juntos —reclamó Margarita con rostro serio antes de salir del departamento.

Por la noche, y después de varias horas de registro y un escrupuloso interrogatorio por parte del guardia Häyhä, el hombre les estrechó la mano a cada uno y les ofreció una taza de café. Los amigos no sabían qué era peor: el interrogatorio o la reciente hospitalidad finlandesa. Sin embargo, lograron entrar al cementerio de Valle Alto. Al alejarse en el auto de la caseta de seguridad, comenzaron a usar la aplicación. Se sorprendieron al notar que, en realidad, casi no había fantasmas en el lugar. Para entender mejor la situación, contrataron a un chamán muy reconocido en la zona, un médium especializado en contactar a los muertos y guiarlos hacia su destino. Su seudónimo en redes sociales era Mandrake, el amo de lo desconocido. El hombre provenía de Catemaco, tierra de los brujos más poderosos. Llevaba el cabello largo, recogido en una cola de caballo, y vestía una túnica blanca de mangas cortas, abierta en forma de triángulo en el pecho, con varios collares en el cuello y anillos en cada uno de sus dedos, combinada con pantalón de mezclilla y tenis Nike blancos. El chamán captaba todo tipo de energía, lo que lo ponía en un estado de trance constante, contradiciendo por completo las lecturas de los tres investigadores. Las instalaciones del cementerio eran modernas y minimalistas, contrastando con los enormes mausoleos del lugar: algunos del tamaño de una iglesia gótica española; otros, más pequeños, como una capilla de arquitectura india rajput. Recorrieron el lugar en auto durante treinta minutos hasta llegar al mausoleo del tatarabuelo. Mandrake estaba en trance y captaba múltiples señales. Comprimía su cuerpo dentro del auto hasta parecer casi un cubo humano; recitaba una lista de apellidos españoles, europeos y brasileños; hablaba de un dolor intenso, pero no daba señales del espíritu del familiar. Su sepulcro había sido diseñado con arquitectura medieval, un recordatorio de que a la familia no le interesaban sus gustos ni peticiones. Al llegar, los amigos percibieron un denso aroma a sudor y heno, fragancias que comenzaron a impregnar el aire. El brujo lo identificó como "el aroma de la muerte". Con cada paso, el olor mutaba hasta convertirse en la peste de la carroña. El viento susurraba en los oídos de los visitantes, como si les advirtiera algo. Los estudiantes activaron la aplicación, pero no detectaron ningún fantasma en el lugar. Por el contrario, el chamán regresó al auto, asustado, y advirtió a sus acompañantes que el sitio estaba cargado de energía negativa. Encendió, durante unos minutos, un copal que llevaba en su morral, creó un perímetro alrededor del auto y se quedó encerrado rezando. Fue entonces cuando miraron el mausoleo de enfrente: un hombre con un gran bigote blanco y sombrero vaquero los observaba, sentado en uno de los escalones de la cripta. Aarón bajó el celular y se dio cuenta de que, al fin, habían encontrado un fantasma. Corrieron hacia él. El hombre, al verlos aproximarse, se apartó del camino creyendo que iban a otro mausoleo, pero ellos lo siguieron.

—¡*Om Namah Shivaya*!... este *bhuta* con forma de hombre se parece un poco a ti —dijo Dhruv, sorprendido.

—¿*What the fuck* es *bhuta*? —reclamó Miguel al joven hindú.

—¡Eres como un árbitro de hockey, ciego y burro! Así le decimos a un espíritu que no logró trascender, permanece en la banca —contestó el hindú, sorprendido y molesto.

El celular comenzó a traducir lo que decía el hombre: *"You can see me?"*. Los tres asintieron, felices. El hombre les explicó que llevaba muchos años ahí, pero no entendía por qué ambos amigos miraron al mismo tiempo a Miguel. Este, apenado, se presentó con su tatarabuelo y le explicó lo de su viaje a Los Ramones. El anciano recordó parte del incidente, el trayecto a caballo hacia el hospital y creyó que se había salvado. No comprendía por qué estaba ahí. Explicó que no podía alejarse mucho de la zona en la que se encontraba. Pensaba que la cripta donde estaba sentado era la suya, ya que tenía más en común con sus gustos arquitectónicos. El tataranieto lo invitó al interior del mausoleo medieval; gritó a todo pulmón la palabra "Mellon" y abrió las puertas con las manos. El hombre se sorprendió con el grito de su tataranieto. Al principio se mostró renuente a entrar en aquella construcción tan horrible; sin embargo, el joven familiar insistió y los cuatro entraron. En el acceso, unas hermosas escaleras de caracol llevaban a un segundo piso. El estudiante binacional explicó que en la primera planta no había nadie; la habían construido solo para apaciguar su culpa por haberlo dejado en un país donde no quería estar. También aclaró que estaban en México y que había muerto por la mordida de una serpiente. Su familia, por codicia y egoísmo, lo dejó donde murió. Ni siquiera se interesaron en llevar su cuerpo de vuelta. Querían un lugar donde no pudieran visitarlo, un sitio lejano e inhóspito. El hombre se tocó el pecho, justo sobre el corazón, cuando vio su foto en la pared y su nombre en la tumba:

"Aquí yace William Clark — 1900–1930"

La aplicación comenzó a traducir el idioma inglés al español. El fantasma reclamaba la razón de su abandono: *"Yo siempre los quise a todos y les di todo lo que tenía, ¿y con esto me pagaron?"* Cuanto más se enojaba, mejor se podía ver en la aplicación; ahora el tatarabuelo se veía a todo color. El ambiente se tornó frío y la luz se oscureció, aunque fueran las diez de la mañana.

—*Sorry*, abuelo. Es por eso que creamos esta *mobile app* para poder verte y explicarte lo que pasó —dijo Miguel, intentando calmarlo, aunque por dentro solo sentía temor.

—¿Sabes qué pasó con mi esposa Clara? —preguntó William Clark.

—Clara Clark preservó *your fortune* gracias a varias *companies* de acero a nivel nacional que ella misma *created. My mother* se encarga de recordármelo cada vez que repruebo una materia —respondió el tataranieto con tristeza.

El abuelo comprendió que, tal vez, su tataranieto ni siquiera conoció a sus hijos, pero sintió tranquilidad acerca de su esposa y el futuro de su familia. Sintió que algo lo llamaba. Dentro de su mente, algo lo jalaba con suavidad, lo reconfortaba con calor. Quería seguir sintiendo esa sensación y comenzó a levitar en el aire. El robusto joven interrumpió y arruinó el momento con una pregunta desesperada:

—¿Por qué no hay otros como usted en este cementerio? —preguntó Aarón, sorprendido.

—Es cuando uno deja de dudar, de temer que el camino que nos muestran se endereza y tiene más sentido que los problemas del pasado. El espíritu se purifica y entra en un estado esterilizado y de paz hacia otro nivel. Gracias, Miguel y amigos. Aprovechen el tiempo que el Señor todavía les concede —respondió el fantasma del señor Clark.

Los cuatro escucharon, por primera y última vez, una voz áspera, madura, sabia y cálida. El programador había integrado el audio en la aplicación. Dicho esto, William Clark se desintegró en pequeñas partículas de dulces y caramelos.

—Ja, es cierto, algo me dijo *my mother* sobre mi tatarabuelo —comentó Miguel—. Siempre traía caramelos y golosinas de sus viajes *for his family*, sin importar a dónde fuera.

Los tres amigos salieron del mausoleo del señor Clark, pero el carro y el chamán ya no estaban. Caminaron varios kilómetros por el cementerio. El joven Clark, enfurecido, reclamaba a sus amigos por el costo del auto Honda de última generación, mientras los amigos aprovechaban para buscar fantasmas. Sin embargo, no encontraron nada. El hindú señalaba los nombres y las fechas en las tumbas, mientras el programador los buscaba en el celular. Todos correspondían a nombres europeos o a nombres tan ridículos que no aparecían en ninguna base de datos hackeada por Dhruv; nombres como *Pascual Lechuga*, *Pedro Navaja* o *Wenceslao Mojado*. Todos eran inventados o pertenecían a personas todavía con vida.

—¡Amigos enanos de las minas de Moria! El único muerto verdadero en este lugar era tu tatarabuelo. Esto parece más un cementerio fiscal —mencionó Aarón al descubrir la escasa actividad psicoquinética del sitio.

Miguel comenzó a correr hacia la caseta de entrada del cementerio, donde un auto gris HR-V 2024, de la marca Honda, echaba humo, mientras un finlandés abría el cofre para intentar controlar un posible incendio con un extintor. Al llegar, el dueño del auto y el guardia de seguridad comenzaron a discutir; los amigos, que caminaban despreocupados y a un kilómetro de distancia, no sabían qué podía pasar cuando un exmilitar finlandés se enojaba. El resto del grupo, al llegar diez minutos después, se sorprendió al verlos platicar de manera jovial. Häyhä les explicó, con un español extraño, que había detenido al chamán porque este no mostró la tarjeta de identificación del cementerio. Entonces, el brujo intentó atravesar la cerca con el auto; sin embargo, lo único que logró fue golpear la defensa. El escolta del cementerio sacó al hombre del vehículo, le colocó unas esposas y llamó a la policía. El vigilante señaló a Mandrake, sentado en el piso, en un rincón de la caseta, quien amenazaba al finés con hacerle un hechizo que lo enfermaría hasta la muerte. Unos minutos después, una granadera llegó con hombres vestidos con uniformes similares a los de la policía, pero sin ningún logotipo de la Secretaría de Seguridad. Los amigos intentaron responder por el brujo; sin embargo, el grupo armado sacó al delincuente por la puerta principal y lo condujo hacia lo desconocido.

CAPÍTULO 5
El vecindario

1 de mayo de 2025

El área donde se encontraban los condominios La Finca era húmeda y rancia, contaminada en una de sus orillas por un moho que se extendía desde el centro de Monterrey hacia el resto de la ciudad. Por las mañanas, una capa de polución llenaba las fosas nasales; durante la tarde descendía, y por la noche volvía a cargarse de desechos químicos. El tráfico era impenetrable y los medios de transporte deplorables, lo que hacía eternas las jornadas de trabajo y estudio. Aunque el vecindario parecía solitario y abandonado desde el exterior, en su interior la estructura amplificaba cualquier sonido producido por los vecinos, desde la caída de una pequeña canica hasta el ensayo de guitarra acústica proveniente del piso cinco. Los departamentos crujían por sí solos debido a la madera húmeda, ya casi podrida. Las filtraciones y grietas eran cada día más evidentes. La pintura, a pesar de sus tonos claros, lucía desgastada, y la falta de iluminación comenzaba a convertirse en un área de oportunidad para ladrones y saqueadores.

Aarón intentó comunicarse con el chamán Mandrake por WhatsApp; sin embargo, su estado en la aplicación aparecía como desconectado. Después le hizo varias videollamadas, pero obtuvo el mismo resultado. Pensó que, aunque las acciones del brujo habían sido equivocadas, no merecía un castigo tan severo. Miguel revisó los portales de varios periódicos locales y llamó también a la Secretaría de Seguridad, pero los resultados fueron desalentadores. Su celular comenzó a sonar con la canción *Escape*, del grupo Kaskade. Era su madre, Evelyn Bravo, quien le llamaba para informarle que ya no tenía dinero para cubrir por más tiempo su estadía en Monterrey, por lo que debía buscar trabajo o regresar a Aguascalientes. El joven hidrocálido sintió un fuerte dolor de cabeza. Había comprado un boleto para un concierto de música electrónica: el evento Tomorrowland, el más importante del mundo en su género, que por primera vez se realizaría en Monterrey. Sin embargo, el joven robusto ahora necesitaba ese dinero para sobrevivir ese mes. Pensó en cientos de plataformas de trabajo; su respiración aumentó al imaginarse trabajando en alguna empresa o consultoría, bajo las órdenes de algún idiota incapaz de apreciar su talento. Decidió platicar con sus amigos sobre la situación. Miguel, que por lo general no coincidía con él, le dio un manotazo en la espalda tan fuerte que le dejó una marca roja.

—*Focus* en nuestros proyectos y yo me ocupo del resto —dijo Miguel, riéndose al ver cómo reaccionaba su amigo tras el golpe.

La amistad entre los dos seguía deteriorándose. Aarón le molestaban las fiestas que su benefactor organizaba, o a las que le gustaba llamar *party all day* para atraer inversionistas extranjeros para su extraña aplicación, mientras él trabajaba en los proyectos. Esa noche, y tras una enorme carga de decibeles de música china, el oído del programador comenzaba a resentirse: sufría fatiga auditiva y una ligera sordera, lo que provocó que la comunicación entre ambos se redujera a gritos desde lejos. Por fortuna, el estaba terminando las dos aplicaciones justo a tiempo, cuando Dhruv regresaba por tercera vez de sus largos viajes para visitar a su tío enfermo. Los tres amigos se abrazaron, aunque no dejaron de reclamarle al joven hindú por qué había tardado tanto. El joven hindú les explicó que su tío estaba pasando a una etapa terminal.

Un día después, los amigos iniciaron una investigación cualitativa y cuantitativa con vecinos interesados en utilizar la aplicación como parte de su supuesto proyecto escolar. El joven hindú, con habilidad para la persuasión, les ofreció dos aplicaciones para que las pusieran a prueba: una en la que debían registrar el consumo diario de algunas sustancias estimulantes, como el alcohol, el café o los medicamentos, y otra en la que debían caminar por su departamento mientras usaban la cámara con un filtro para detectar fantasmas. El objetivo era entregar a la maestra Marta una aplicación con más funciones comerciales, capaz de identificar a personas ebrias o bajo el efecto de drogas para conservar sus calificaciones y, al mismo tiempo, desarrollar *Ghost Book*, otra aplicación para Android e iOS, en la que cobrarían por mensualidad, tipo de cuenta y servicios adicionales.

Las siguientes evidencias muestran las investigaciones realizadas por los tres amigos con quince familias diferentes, entre las cuales destacaron las siguientes historias. Se presentan de distintas formas: algunas como relatos simples; otras, de manera cronológica y con una narrativa fragmentada por dispositivos, al estilo *found footage*. Al final de cada conjunto de material editado por el equipo, se incluye una breve conclusión o resolución.

EVIDENCIA 1

El más valiente

2 de mayo de 2025

Héctor y Julieta eran dos estudiantes que se hicieron novios cuatro años atrás. Cursaban el último semestre de la carrera de Ingeniería Química y vivían juntos. Estudiaban muchas horas al día y dormían muy poco. Para complicar aún más la situación, cada noche, cerca de las tres de la madrugada, ocurría una serie de eventos extraños: un fuerte golpe resonaba en la puerta principal del departamento. Durante los primeros días de su estancia, la puerta se abría sola después del ruido y, al intentar cerrarla, sentían una presencia en el pasillo que tumbaba objetos. Minutos después, la puerta del cuarto que usaban como estudio se abría con rapidez, pero con suavidad, como si alguien la sostuviera. Esa presencia permanecía ahí el resto de la noche.

Cuando esto ocurría, la pareja solo cerraba la puerta y los fenómenos cesaban. Después instalaron varias cerraduras en la puerta del estudio, lo que puso fin a los sucesos. Desde entonces, lo único que escuchaban cada noche era el golpe inicial, que asustaba a visitantes, vecinos y desconocidos, aunque ellos ya lo ignoraban por completo. Aarón y Dhruv estuvieron presentes varias noches, dejando la puerta abierta. Todo ocurrió con puntualidad: la puerta principal fue golpeada varias veces, sintieron la extraña presencia en el pasillo y, después de un rato, la puerta del estudio volvió a abrirse con rapidez y suavidad. Gracias a los celulares de la pareja y de los amigos, colocaron uno afuera de la entrada, otro en el pasillo y dos dentro del cuarto que Héctor usaba como oficina.

---

2 de mayo de 2025

Pasillo exterior del departamento 45

Celular LG

Cámara HD, sin micrófono — 3:00 a. m.

Varias personas caminan por el pasillo vestidas con ropa de fiesta: mujeres con vestidos cortos; hombres con camisas entalladas y pantalones rectos. La mayoría son jóvenes que desean continuar celebrando; algunos están tan ebrios que caen al piso. Entre ellos, un hombre corpulento y joven, vestido con una playera lisa negra y jeans negros, camina con firmeza sobre el piso de mosaico, calzando botas negras. Llega hasta la puerta número cuarenta y cinco; la golpea con fuerza y grita algo ininteligible. Tras esperar un momento, vuelve a golpear. Al no recibir respuesta, la derriba con su hombro izquierdo. Algunos de los borrachos observan la escena, señalando y riendo.

Interior del departamento 45

Celular iPhone 14

Cámara HD, sin micrófono — 3:10 a. m.

Dentro del departamento, Miguel y Aarón se esconden detrás del comedor mientras la pareja de estudiantes graba desde su dormitorio con otro celular. El hombre del traje entra con movimientos militarizados. Una mujer joven con camisón blanco satinado, le hace frente y logra herirlo de manera leve en el cuello. Él responde golpeándola con violencia contra el bufetero, dejándola por un momento paralizada. Aun así, la ama de casa, todavía sosteniendo un cuchillo, se lo clava en el talón y mancha su vestido blanco. El hombre cae de rodillas; enseguida se levanta y, con una fuerte y devastadora llave de candado al cuello, le quita la vida. A continuación, saca una pistola del saco y le coloca un silenciador antes de dirigirse al estudio.

Cuarto de estudio del departamento 45

Celular Oppo 34

Cámara 4G, sin micrófono — 3:30 a. m.

El hombre apunta la pistola hacia una cuna vacía y comienza a registrar los muebles. De repente, un perro mestizo con cabeza de chihuahueño lo ataca, mordiendo la herida del talón. El intruso cae al suelo por el dolor, sorprendido por el ataque inesperado. El perro también le muerde la mano, pero el hombre lo lanza con violencia contra la pared. El animal chilla y ladra con intensidad, mientras el intruso continúa buscando algo en una cómoda y saca los cajones para arrojarlos al piso. El perro, recuperado, vuelve a atacar el talón del sujeto, impidiendo que pueda concentrarse. Al final, este resbala y golpea la cabeza contra uno de los cajones caídos.

Una hora después, varios policías y paramédicos entran al cuarto para retirar el cuerpo. El perro les ladra y rasca con insistencia un cajón del único mueble que permanece intacto. Allí encuentran a un bebé llorando a todo pulmón. El perro moribundo se acuesta junto a la cuna y se queda dormido.

CIERRE DEL CASO

La investigación de Miguel reveló que los supuestos actores o fantasmas involucrados eran personas reales. El bebé, Enrique Bautista Saucedo, era hijo de Samanta Laurent, una inmigrante francesa y segunda esposa de Santiago Ugarte, con quien nunca tuvo hijos. Sin embargo, el pequeño Enrique formaba parte de un conjunto de historias relacionadas con los cambios sociales ocurridos en México durante el año dos mil.

Carmen Villanueva describió a su esposo, Manuel Villanueva, como un futbolista con una carrera prometedora en el equipo Carneros Salvajes de Monterrey, conjunto de primera división que estaba por disputar las semifinales de la Liga Mexicana, días antes de enfrentar a las Águilas del América. Carmen y Manuel tuvieron múltiples discusiones debido a las constantes llamadas de extorsión que recibían a diario. Un grupo de apostadores amenazó al jugador de soccer con revelar fotografías comprometedoras de su relación con la francesa Samanta Laurent. El futbolista no cedió a las amenazas porque no convivía a menudo con la amante y tenía una vida establecida con Carmen en las afueras de Santa Catarina. Ante la negativa, los apostadores intentaron secuestrar al hijo no reconocido.

El día del evento, los vecinos, al escuchar los disturbios, reportaron a las autoridades gritos de una mujer, ladridos de un perro y el llanto de un bebé. Era difícil identificar los sonidos debido a que, en el mismo piso, se realizaban diversas actividades de manera simultanea, tales como partidos de fútbol, reuniones familiares y precampañas políticas. Manuel Villanueva fue encontrado muerto pocos días antes de la final del campeonato mexicano de fútbol, víctima de una sobredosis causada por medicamentos prescritos y drogas como marihuana, heroína y morfina. Carmen Villanueva cuidó a Enrique Bautista durante varios años, hasta que la custodia del niño fue otorgada a los abuelos de Samanta Laurent en Marsella, Francia.

Los tres amigos presentaron las evidencias en video a Carmen.

Los registros confirmaron los sucesos relatados por ella y revelaron, además, que el perro que acompañó a Enrique durante su período neonatal había sido su última línea de defensa frente al peligro, por lo que todos lo consideraron *el perro más valiente.*

Trabajo *Drunk or Stoned*

La aplicación registró en Héctor y Julieta diversos niveles de intoxicación estimada (0.02–0.30 BAC) en un Grado I, resultado del consumo alto de cafeína. La pareja, debido a la cantidad de trabajo, consumía grandes cantidades de café tipo americano y espresso; esto, combinado con pocas horas de sueño, generaba fuertes cargas de estrés.

La aplicación dio varias recomendaciones, entre ellas: contratar un seguro médico de gastos menores con cobro automático a la tarjeta de débito o crédito; acceder a consultas médicas mediante una amplia base de datos de hospitales y doctores ligados a la aplicación; aumentar las horas de reposo; además de artículos y venta de libros digitales e impresos sobre el consumo responsable de sustancias.

Dentro de las áreas de oportunidad detectadas para la aplicación se encontraba la necesidad de ampliar las categorías de sustancias, ya que, en un inicio, la herramienta confundía la cafeína con otros tipos de sustancias ilegales.

EVIDENCIA 2

El doctor

3 de mayo de 2025

Pedro Ortiz, joven pasante de cardiología, vivía en el departamento cuatro, ubicado en la Avenida Revolución. La mayor parte del tiempo hacía guardias en el hospital de zona, por lo que solo llegaba unas horas al día para descansar. Con frecuencia soñaba con un doctor que había habitado antes en el lugar; en esos sueños, el médico impartía una clase cuando, de repente, caía en un agujero oscuro y, al descender, varias espadas lo atravesaban. Después de ese episodio, el estudiante siempre despertaba alterado. La casera le confirmó que entre los antiguos inquilinos había un doctor llamado Víctor Márquez, experto en cirugía general y cardiovascular, quien se había suicidado en la bañera.

El pasante de cardiología comentó que, cuando tenía problemas con alguna materia, estudiaba en un lugar particular de su departamento: la tina del baño. Allí reflexionaba sobre sus dificultades académicas y, después de relajarse durante un tiempo, podía resolver sus dudas sin problema. Incluso lograba aprobar asignaturas que casi todos sus compañeros reprobaban. A petición del equipo, el pasante aceptó grabar todo su proceso de relajación en la tina y también filmarse mientras dormía en su dormitorio durante algunas noches.

---

3 de mayo de 2025

Interior del baño, departamento 4, Avenida Revolución

Celular Oppo 44 — Cámara 2K, sin micrófono

1:10 a. m.

Pedro Ortiz se graba mientras descansa con medio cuerpo dentro de la bañera. Se coloca una máscara de ojos para dormir e intenta relajarse. Durante los primeros veinte minutos no ocurre nada fuera de lo normal. Treinta minutos después, el agua empieza a adquirir un tono extraño y, al cumplirse cuarenta minutos, el líquido era por completo color rojo vino. En la grabación aparece, por unos segundos, un tercer brazo saliendo del agua antes de volver a sumergirse. Treinta minutos después, Pedro abandona la tina sin percatarse de nada, mientras en la bañera queda visible el cuerpo del doctor Víctor Márquez, sumergido en sangre.

---

3 de mayo de 2025

Interior del dormitorio principal, departamento 4, Avenida Revolución

Celular Oppo 45 — Cámara 4K, sin micrófono

2:00 a. m.

Pedro Ortiz graba mientras duerme. Durante varias horas todo transcurre con normalidad, hasta que, a las cuatro de la madrugada, aparece junto a su cama una figura corpulenta, contraída y tímida, que coincide con la descripción del difunto Víctor Márquez. El fantasma extiende su enorme mano derecha y toca la frente de Pedro, pronunciando algunas palabras durante media hora. Por fin, Pedro despierta y el fantasma del doctor Víctor sale con lentitud del cuarto.

4 de mayo de 2025

Interior del baño, departamento 4, Avenida Revolución

Celular Oppo 44 — Cámara 2K, sin micrófono

1:00 a. m.

Pedro graba otra vez la bañera, pero esta vez no entra; solo la llena con agua y deja grabando. Media hora después, el doctor Víctor Márquez aparece y entra a la tina, levanta la cabeza y conversa de manera agitada con alguien fuera del encuadre. Sostiene unas pastillas en la mano izquierda y sigue discutiendo hasta que toma un puñado de píldoras. Poco a poco, el agua adquiere un tono rojo intenso y Víctor, dormido o inconsciente, se sumerge en la bañera, lo que provoca que el agua se desborde e inunde el cuarto.

DESCUBRIMIENTOS

Miguel logró incorporar al filtro creado por Aarón una inteligencia artificial capaz de interpretar lectura labial, con la que obtuvieron información relevante sobre la muerte del doctor Víctor Márquez. Sin embargo, lo único que pudieron descifrar con claridad fue el nombre «Isaías». Más adelante,

Pedro recordó, en tono burlón, a un maestro llamado Isaías Montenegro, cuya edad coincidía con la del fallecido Márquez y que impartía diversos cursos en la facultad. Dicho maestro había sido reconocido de manera pública por desarrollos como software médico, libros y artículos científicos en los que aparecía como creador principal.

---

4 de mayo de 2025

Interior de la cocina, departamento 4, Avenida Revolución

Celular Oppo 44 — Cámara 2K, sin micrófono

5:00 p. m.

El fantasma del doctor Márquez habla consigo mismo sobre un descubrimiento revolucionario: un gadget diseñado como un capacitor para fortalecer corazones en estado terminal que, combinado con ciertos medicamentos, podría prolongar de manera considerable la vida de los pacientes cardíacos, brindándoles tiempo suficiente para conseguir un donante y, de manera gradual, realizar transfusiones directas de corazón a corazón. A lo largo de la tarde también menciona nuevos modelos de corazones artificiales capaces de resistir radiación.

Al llegar la noche, Víctor parece discutir de forma intensa

con alguien invisible y amenaza con destruir la carrera de esa persona. Cuando vuelve a estar solo, toma una libreta con anotaciones y la oculta bajo un mosaico del piso, cubriéndolo con el refrigerador para asegurarse de que nadie la encuentre.

NUEVOS DESCUBRIMIENTOS

Aarón, Pedro y el equipo movieron el refrigerador y encontraron el mosaico suelto. Al levantarlo, descubrieron una libreta que contenía todas las anotaciones y descubrimientos de Víctor Márquez, acompañada de una nota que revelaba cómo había sido varias veces amenazado y acosado por Isaías Montenegro, quien deseaba apropiarse de sus investigaciones desde hacía tiempo. Aunque el doctor cirujano había apoyado a Isaías en múltiples ocasiones para concluir sus tesis, este insistía en disolver su asociación para vender las patentes de manera individual. Otra posibilidad indica que, aunque no existieran amenazas explícitas, el occiso fue con claridad influenciado y manipulado por Isaías Montenegro, un investigador mediocre que lo buscaba solo para mejorar sus calificaciones. Isaías ya había perdido su beca varios semestres atrás, carecía de dinero y no contaba con apoyo familiar debido a que su madre había abandonado a su padre, volviéndolo un hombre amargado y agresivo con él.

El equipo discutió qué medidas podrían tomarse contra Isaías Montenegro, ya que el doctor nunca había registrado de forma oficial sus descubrimientos, por lo que la única evidencia tangible eran las notas halladas en la libreta. Todo el material encontrado, incluidos los videos, fue entregado a la familia del fallecido, lo que permitió reabrir una investigación antes clasificada como "no ejercicio de la acción penal", dando paso a una nueva línea por un posible delito de inducción al suicidio. Sin embargo, los videos presentados por el equipo fueron desestimados al ser considerados pruebas falsas, debido a que habían sido alterados con tecnología y no coincidían con la línea temporal de los eventos.

Más allá de lo legal, la revelación de las pruebas provocó una reacción inesperada: uno de los familiares intentó hacer justicia por su propia mano, lo que derivó en la desaparición del doctor Isaías Montenegro. Circularon rumores de que había cruzado la frontera con la intención de patentar las ideas robadas; aunque, sin los apuntes originales, sus esfuerzos resultaron inútiles. La ex prometida de Márquez declaró después que desconocía por completo todos estos hechos.

Trabajo *Drunk or Stoned*

La aplicación registró en Pedro diversos niveles de intoxicación estimada (0.02–0.30 BAC) en un Grado I, resultado del consumo alto de cafeína y del uso de pastillas para el estrés y la vigilia. El joven consumía alcohol cada dos o tres días, y café y pastillas todos los días para soportar las largas jornadas de trabajo.

La aplicación dio varias recomendaciones, entre ellas: dejar las pastillas; acudir a uno de los centros de apoyo para las adicciones incluidos en la base de datos; contratar un seguro médico de gastos menores con cobro automático a la tarjeta de débito o crédito; utilizar el servicio psicológico con expertos afiliados a la aplicación; acceder a consultas médicas mediante una amplia base de datos de hospitales y doctores ligados a la aplicación; aumentar las horas de reposo; además de artículos y la venta de libros digitales e impresos sobre el consumo responsable de sustancias.

Dentro de las áreas de oportunidad detectadas para la aplicación se encontraba la necesidad de controlar el exceso de servicios proporcionados, ya que, según el usuario, resultaban invasivos y no le agradaban las notificaciones que llegaban cada pocos minutos. También era necesario ampliar las categorías de sustancias, pues, en un inicio, la herramienta confundía el enrojecimiento de su piel causado por el ejercicio con el efecto secundario de alguna sustancia, lo que provocaba que la aplicación enviara notificaciones de emergencia de manera constante.

CAPÍTULO 6
Ghost Social

5 de mayo de 2025

Una sutil sensación de energía positiva inundaba el lugar. La gente pensaba que las cosas buenas podían suceder, que el amor entre enemigos era posible. Los perros de la calle jugaban con los de pedigree; los hombres tristes comenzaron a reírse de sus problemas, como si hubieran quedado miles de años atrás. Era un estado creciente de embriaguez, una intoxicación intermitente de lo intangible, un trance del espíritu humano... como si no fueran ellos mismos.

El clima alcanzaba los cuarenta grados centígrados, pero dentro del restaurante *San Geek de Todos los Tacos* las personas estaban frescas, casi al punto de necesitar una chamarra. Las sillas y sillones eran amarillos; las mesas y los *booths*, naranjas. La limpieza, junto con los tonos azul claro en las paredes, invitaba a los niños a lanzar tacos y comida por todas partes, mientras se subían a los enormes juegos infantiles con alberca de pelotas en su interior. Sin embargo, el área donde se encontraban Aarón y Miguel estaba aislada del ruido exterior, y una música suave de J-pop inundaba el lugar. Aquella zona exclusiva estaba decorada como lo haría un grupo de geeks: displays gigantes de héroes de fantasía y ficción y un enorme cartel con la frase: *Ghost Social Viral*. El sitio comenzó a llenarse de compañeros de la facultad, familiares, vecinos y amigos. Miguel Clark llevaba un sombrero de vaquero texano, botas de avestruz, pantalones Wrangler azules y una camisa de cuadros cafés, en homenaje a su tatarabuelo William Clark. Se puso en cuclillas y observó desde la zona VIP a los niños gritando como si fueran ratas experimentales. Rió al saber que, ese día, ningún ruido lo atormentaría: estaba en una cámara Gesell y él era el investigador. Aarón, por su parte, trabajaba sin pausa con algunos practicantes de semestres inferiores para montar el sistema de luces, sonido y hologramas de la presentación de la aplicación Ghost Social. Varios meseros, cubiertos con sábanas blancas, llevaban bandejas cargadas de tacos y burritos de bistec, trompo y revoltijo. De repente, la música disminuyó y la iluminación se concentró en el centro del salón. El juego de luces llamó tanto la atención que todos los niños se pegaron a las paredes de vidrio, esperando la aparición de un payaso. Sin embargo, quienes aparecieron fueron los dos amigos.

—Compadres, *enemies* y compañeros: *it gives us* mucho gusto presentarles, por primera vez de forma comercial, este gran proyecto, antes conocido como Ghostbook y ahora llamado Ghost Social. *Today you are part of history*: la primera aplicación que no solo muestra a seres que murieron hace años, sino que también nos brinda la posibilidad de platicar con ellos —dijo Miguel, emocionado, provocando un fuerte aplauso... que luego se apagó cuando comenzaron a surgir dudas.

—Sr. Clark, Sr. Clark... Mi nombre es Claudia Domenech, del periódico de la facultad Nortec. ¿Esto no es el proyecto *Drunk or Stoned* que presentaron en la universidad? —gritó Claudia.

—No, no, mija. Ese proyecto es para la facultad. ¡*This is new shit*! ¿Cómo la ven desde ahí? —respondió el joven de Carolina del Norte.

—Amigos, presten atención a los meseros y pregúntense: ¿qué tanta atención ponemos a nuestro alrededor? —intervino Aarón.

La iluminación se enfocó en un mesero que, de pronto, se quedó inmóvil. Nadie sabía qué esperar. Un joven de diecisiete años tomó la sábana del supuesto fantasma y la jaló. La charola cayó al piso, pero el alboroto no se debió al ruido del metal contra el azulejo blanco: se debía a que no había nadie debajo de la sábana. La gente se echó hacia atrás y, tras un instante de confusión, estalló en aplausos.

—¡Mago, mago, bravo! —gritaron y aplaudieron todos.

—No es tranza ni magia, raza. *The friend* y difunto Rafael Ortiz, un antiguo y fregón contador, después de varias pláticas, accedió a ayudarnos en esta demostración. *Thank you very much!*, compadritos —respondió el anfitrión Clark.

El resto de los meseros fantasmales se detuvieron unos minutos y, luego, comenzaron a acercarse al enorme bufetero del salón. Al depositar las charolas de comida sobre las mesas, las sábanas que los cubrían empezaron a deslizarse con lentitud hasta el suelo, como si los meseros se derritieran sobre el piso.

—¡Oiga, espérese! No puede poner a los fantasmas a hacerle la chamba. ¿Pues qué le pasa? ¡Eso es explotación! —gritó una señora que se había colado al evento.

—*Let's see, ma'am,* usted ni es de aquí y no es explotación. Nosotros platicamos con estos espíritus y ellos aceptaron apoyarnos *in this demonstration.* Ahora trascenderán al informarles sobre su situación actual. Así que *you're welcome.* No tienen que agradecerme, sino a esta hermosa aplicación —respondió Miguel, mientras en la pantalla gigante, detrás de los presentadores, se mostraba cómo varias personas en el salón comenzaban a desintegrarse, expulsando partículas con forma de globos multicolores, tacos y hamburguesas flotantes.

—Ellos fueron empleados de este local hace muchos años y, después de varios días resolviendo las dudas que tenían y poniéndolos en contacto con sus familiares, quienes en este momento se encuentran aquí, los espíritus accedieron a ayudarnos en esta demostración —explicó el programador, mientras mostraba en el proyector los nombres de las personas fallecidas que, en ese instante, dejarían en paz este planeta, sin dudas ni asuntos pendientes.

En la pantalla, detrás de los anfitriones, un hombre anciano pedía permiso para hablar. Llevaba aún el uniforme gris y rojo del establecimiento anterior, con la marca *Cortes Finos*. Tardó un poco en subir al escenario, pero mantenía un rostro de felicidad. Los anfitriones se apartaron y le permitieron decir unas últimas palabras a su familia. El lector de labios se activó y, durante unos minutos, se escuchó una voz un poco robotizada. El programador ajustó la configuración para que la voz sonara como la de un hombre mayor. Entonces, una voz amable y rasposa resonó en el lugar: la voz de alguien con experiencia de vida, con cicatrices de errores pasados de los que había logrado levantarse.

—Estoy aquí para despedirme de mi familia. Quiero que sepan que siempre hice lo mejor que pude y que trabajé hasta donde me dieron las fuerzas por ustedes. Me hubiera gustado darles más, darles todo lo que merecían... pero no siempre supe cómo. También me equivoqué mucho, y por eso les pido perdón. Lucía, el día que morí recuerdo que discutimos fuerte por tu futuro. Yo estaba preocupado, quizá demasiado. Pero quiero que sepas algo: estoy orgulloso de ti, de cada paso que has dado. Todo lo que has logrado lo hiciste tú sola, enfrentando los obstáculos como pudiste, y eso vale más que cualquier cosa —dijo el fantasma de Benito, cambiando su rostro de felicidad a tristeza.

Seis personas se abrieron paso entre la muchedumbre. Una de ellas era Lucía, la hija de Benito.

—Te extrañamos mucho, papá. Esta familia está incompleta sin ti. Tengo un hueco en el corazón al no poder decírtelo. Hay un lugar vacío en nuestra mesa donde siempre espero que regreses. Te veo siempre en el rostro de cada integrante, en cada reacción de tus nietos y en las frases que aprendieron de ti, en el aroma de los libros que guardo en el librero. Queremos que regreses a casa, por favor —dijo Lucía entre sollozos. Benito lloró durante varios minutos. Lucía intentó abrazarlo, pero no lo consiguió.

—Perdóname, hija. Yo también los extraño, mucho. Pero hay algo dentro de mí que ya me está llamando. Es como una fuerza tranquila, buena, que me quiere llevar a otro lado. Mientras más trato de quedarme, más me jala... y no duele. Al contrario, me siento en paz. Es como dejarse llevar por un río manso, de esos que no asustan, que te limpian y te llevan despacio a un lugar mejor. —dijo Benito, recuperando su sonrisa. Lucía sintió por un momento una fuerza que la abrazó y la llenó de paz. Tuvo una visión: un recuerdo que, en ese instante, su padre le pasó. Era el recuerdo de su padre viéndola por primera vez al nacer: <<Este es mi recuerdo favorito, mi regalo de toda la vida. Ahora quiero que sea el tuyo>>.

En la pantalla, Benito se desvaneció entre flores, aceites y talcos para bebé. Lucía lloraba con una gran sonrisa en la boca.

Momentos después, se abrió el escenario para que los familiares y los invitados pudieran tomarse fotos con los fantasmas que quedaban en el restaurante. Algunos espíritus volaban por los aires, lanzando pasteles, apareciendo en un lugar y reapareciendo en otro. Un fantasma adquirió la forma de un globo gigante y otro la de un perrito, para segundos después reventar. Los payasos, tras una hora de hacer algunos trucos para los niños, desaparecieron para siempre en una estela de globos que todos pudieron ver sin necesidad de la cámara de la aplicación, generando un sentimiento de euforia que hizo reír desde el niño más triste hasta los padres más deprimidos. Los dos amigos invitaron a los asistentes a descargar la aplicación en sus celulares. Proyectaron el funcionamiento en la pantalla, pero los compañeros no lograron comprender del todo cómo operaba. En las redes sociales, la situación era peor. Jimena, empleada de marketing digital del equipo, creó un video en vivo en varias plataformas, en el que mostró cómo usar la aplicación y respondió dudas frecuentes. Al principio, todos confundieron el producto con el fenómeno social conocido como *ghosting*. Algunos intentaban deshacerse de algún novio molesto; otros querían borrar a un ser querido de una fotografía, pero se asustaban al ver que aparecía otra persona en la imagen o en el video. Después de una hora, la gente empezó a subir fotos con seres queridos del pasado.

Dhruv faltó a la fiesta, ya que seguía con su tío enfermo en México. Eso comenzó a molestar a los dos integrantes del equipo. Necesitaban a alguien que pudiera dar la cara por el producto, que explicara cómo funcionaba de una forma que todos comprendieran. Pero cada vez que le marcaban al celular sonaba la contestadora.

—Si ese traidor de Dhru no llega *to this party*, considéralo *out* del proyecto —le susurró Miguel a su amigo, mientras sostenía un enorme burrito especial con salsa radiactiva que le caía en la camisa de cuadros cafés.

El joven hindú mandó un mensaje con un enlace para que pudieran comunicarse con él. Les explicó que se le había olvidado despedir a los antiguos creadores de contenido que había contratado. Después de disputar las cuentas de las redes sociales con los diseñadores anteriores, lograron mostrar un producto en el que se explicaba con claridad que era posible establecer contacto con seres del más allá, con sus seres queridos fallecidos. El estudiante de Nueva Delhi había creado cientos de campañas para distintos segmentos demográficos, excepto para las personas mayores, quienes eran más sensibles a las emociones fuertes. En el momento en que la cuenta bancaria superó varios miles de dólares, se activaron unos bots diseñados por él que comenzaron a reclutar a los influencers más importantes del momento. Una vez que llegaron a creadores de contenido reconocidos, como Lupillo Critica, La Werita Trans y varios comunicadores locales, la aplicación comenzó a generar cientos de miles de dólares. En pocas horas, ya contaban con suficiente dinero para un ejército de abogados y para cubrir todos los huecos legales que la aplicación pudiera generar.

Al final de la fiesta, Ghost Social estaba en la red, haciéndose viral en las principales plataformas, lo que provocó una migración masiva y saturó los servidores. Jóvenes y adultos pudieron conocer a sus padres, abuelos, tatarabuelos y más para atrás. Las casas antiguas ahora estaban llenas de vida. Los dos anfitriones quedaron tan sorprendidos con los depósitos en sus cuentas bancarias que, en cuestión de segundos, perdonaron de manera remota a su amigo.

Gracias a que Aarón habilitó la función de descripción de fantasmas, la propia comunidad logró crear un extenso catálogo: fantasmas residuales, inteligentes, poltergeist, sombras, animales y muchos otros. Algunos casos se describen en las siguientes publicaciones.

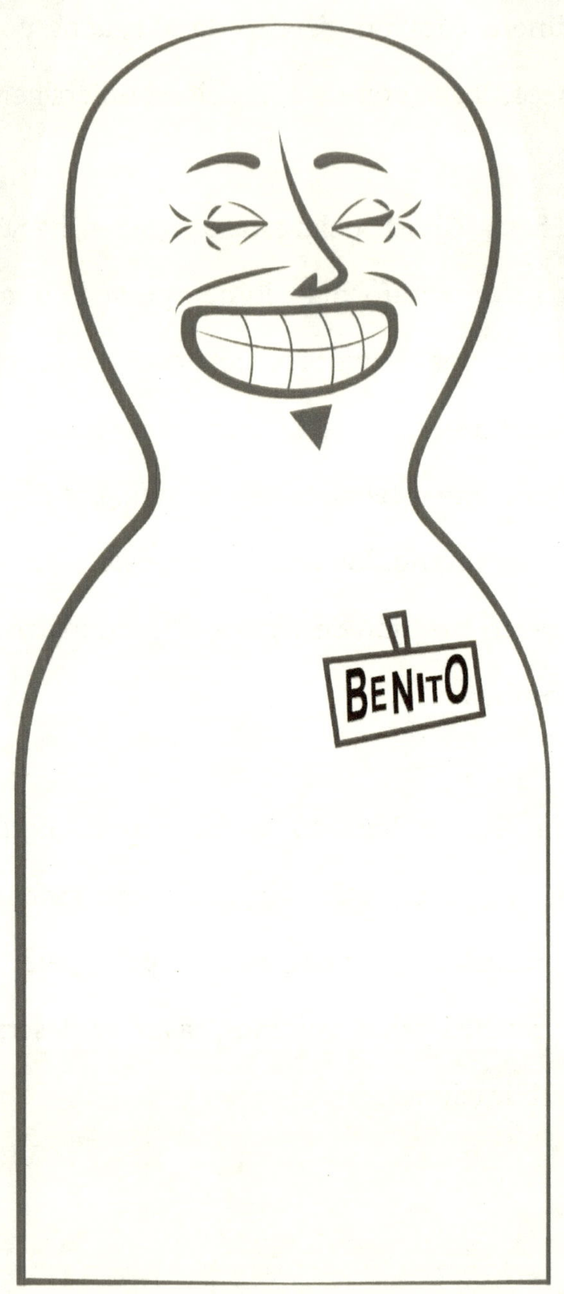
BENITO

EVIDENCIA 3

No por siempre contigo

6 de mayo de 2025

No existía una casa más hermosa y pintoresca que la ubicada en la esquina de Fray Luis de León y José Zorrilla, ni una familia más feliz que la formada por el joven Armando Ramírez, de veinticinco años, y Sofía Luna, de treinta, una pareja de odontólogos con varios consultorios en el área sur de Nuevo León. Sofía era una mujer inteligente, atenta y comprensiva, hija de Roberto Luna, otro odontólogo reconocido a nivel nacional, con su propia cadena de consultorios y productos orientados al cuidado dental. La pareja tenía el presente asegurado, pero el futuro le daría a Armando una perspectiva distinta. Un día, mientras pasaba un tren por una de las avenidas principales del área metropolitana de Monterrey, Sofía intentó ganarle el paso, aumentando la velocidad a 200 km/h; sin embargo, fueron impactados de manera violenta y estruendosa. El choque extinguió la vida de la mujer en milésimas de segundo, destruyendo por completo la fascia, arrancando gran parte de la estructura del cofre,y desplazando el motor hasta aplastar por completo el cuerpo de la conductora, y expulsando a Armando varios metros de la camioneta, dejándolo con profundas heridas en el cuerpo. Los doctores de Armando lo llevaron de urgencia a someterse a múltiples operaciones para salvar su vida de los traumatismos craneoencefálicos y los cientos de lesiones en el torso y piernas, además de varias intervenciones reconstructivas en el rostro. Después de semanas internado en el hospital, el viudo regresó a una casa vacía, atormentado por los ecos del pasado. Su rostro, marcado por el incidente, lo llevó a retirar casi todos los espejos, dejando solo uno en el baño. Realizaba su rutina diaria como si su esposa continuara con él: preparaba un lonche extra por si ella tenía hambre al mediodía; encendía la televisión en las noticias que a ella le gustaban; se alistaba para el viaje a Europa que habían planeado; y compraba un jarrón con varias docenas de lirios para la cocina. Días después de su regreso, recibió una llamada de la ginecóloga de

Sofía, quien le confirmó que su esposa estaba embarazada y le enviaría la documentación necesaria con indicaciones para los chequeos trimestrales y cuidados requeridos durante la gestación. El hombre escuchó la información y no mencionó la muerte repentina de su mujer, continuando con los planes que habían trazado juntos. La familia y los amigos lo visitaban de manera constante y solían encontrarlo con un overol manchado de pintura rosa los lunes y otro manchado de azul los viernes. Él hablaba como si su esposa siguiera viva y, cuando intentaban explicarle lo ocurrido, solo lo negaba y los echaba de la casa. El martes, a las diez de la mañana, tenía una cita de limpieza dental con la señora Gertrudis Lozano. Ese día, resultaba difícil mantener callada a la paciente; algunas personas convierten a su dentista en su confesor y, en el consultorio, llegan a conocerse secretos que van desde problemas económicos del alcalde de San Nicolás hasta infidelidades de empresarios. En medio de la charla, justo antes de iniciar la limpieza, la señora mencionó la aplicación Ghost Social, una herramienta que mostraba en video a los recién fallecidos. Estaba convencida de que había logrado ver a su madre en su propia casa; sin embargo, tras intentar hablar con ella varias veces, no volvió a verla.

—No, no, espérese, porque eso pasa muy seguido. Uno se pone a platicar con ellos un ratito y luego, de repente, ya no están. Yo le estuve preguntando varias veces por los terrenos de mi tío abuelo Pancho, que siempre han sido un problema, déjeme decirle, y no sé si fue el café o los nervios, pero ¡Chihuahua! Yo vi clarito cómo se cerraba un zipper enorme alrededor de ella y, mire, así nomás… desapareció —dijo la señora, muy convencida.

Movido por la desesperación de volver a ver a su esposa, el joven dentista descargó la aplicación en su celular. Pasaron los días y él seguía pintando cuartos de azul y rosa, preparando más comida de la que necesitaba y pagando el viaje a Europa.

El viernes, mientras conducía su nueva camioneta KIA, lo asaltó el recuerdo del accidente al pasar por el mismo lugar. El tren volvía a cruzar, haciendo sonar la bocina. El hombre frenó y quedó detenido justo sobre las vías. Los autos detrás de él tocaban el claxon sin parar. Armando permaneció paralizado, incapaz de reaccionar, con el cuerpo rígido, adoptando la misma postura que en el accidente: cubriéndose el rostro con el brazo derecho, segundos antes de que el tren se estrellara. <<Termina lo que comenzaste, estúpido tren>>, pensó. De repente, sintió cómo algo le aplastaba el pie derecho. La camioneta aceleró sola y logró evitar el accidente. Se estacionó unos metros adelante y pasó de la tristeza a la ira. <<No, no, no pueden estar muertos. Esto es una maldita pesadilla>>. Un señor con corte militar y con lentes redondos entrecerró los ojos para mirar el interior del carro, mientras golpeaba la ventana para saber si el conductor estaba bien. Al no recibir respuesta, le tomó una foto con su celular, le aconsejó que tuviera cuidado y se marchó. Armando permaneció ahí hasta que cayó la noche. Rodolfo, su mejor amigo, fue por él y lo llevó a su casa. A pesar de todo, el viudo seguía renuente a hablar del fallecimiento de su esposa. Su amigo intentó conversar sobre otros temas para mantenerlo animado; los deportes, como el fútbol americano, lograron distraerlo un rato. También le contó sobre sus éxitos en varios negocios y que estaba a punto de comprarse una tercera casa en Santa Catarina. El odontólogo comenzó a hablar del viaje a Europa que había planeado con su esposa, un viaje de un mes entero. Su compañero le recomendó acudir a un psicólogo, pues no estaba sobrellevando bien la fase del duelo. El anfitrión le gritó que su esposa no estaba muerta, que estaba bien, que Rodolfo le tenía envidia por su relación, y lo corrió de la casa. El amigo se marchó preocupado. Treinta minutos después, la mamá de Armando lo llamó por teléfono. Él pensó que le diría algo similar a lo que había dicho su amigo, así que colgó la llamada y revisó la aplicación Ghost Social. Siguió las instrucciones y, en unos minutos, recorrió la casa con la cámara del celular. <<Esta cosa no sirve para nada>>. Después de varios intentos, borró la aplicación.

Al día siguiente, de camino a casa, recordó lo ocurrido en las vías del tren. Sintió cómo algo lo obligaba a pisar el acelerador. No podía mover su cuerpo; aquel día estaba por completo entumecido. Cada músculo estaba tan tenso que tuvo que acudir al médico y al fisioterapeuta para aliviar la contractura muscular. Decidió regresar a las vías del tren en un momento sin tráfico. Esperó durante una hora. Cuando escuchó el tren a lo lejos, sus músculos volvieron a limitar sus movimientos. Y, justo cuando la máquina estaba más cerca, algo volvió a aplastarle el pie, obligándolo a salir de las vías. Sin saber qué hacer, reinstaló Ghost Social. Apuntó la cámara hacia el asiento del copiloto y vio a una hermosa mujer, de piel aperlada y cabello castaño claro, con una camisa blanca y pantalones de mezclilla azules, igual que el último día que la había visto con vida. Ella estaba confundida y asustada. <<Amor, no pasó nada. Yo te voy a llevar a la casa>>.

La mujer lloró un momento y luego le sonrió. En la aplicación, los subtítulos decían: "¿Por qué usas un celular?".

—No te preocupes por eso, amor. Quédate conmigo; te llevaré a la casa —dijo Armando.

Guardó el celular en la guantera y aceleró hasta llegar a casa. Guió a Sofía desde el estacionamiento hasta el interior, mientras la grababa con el celular. Ella le agradeció su ayuda, y un frío con aroma a lirios envolvió el cuerpo de Armando. Aunque no podía verla de manera física, sentía su presencia. <<Sabía que no estabas muerta. Lo sabía>>. Todos los días, Armando pasaba por Sofía al cruce de las vías del tren. Luego la llevaba a casa y le servía su comida favorita.

—¿Por qué todos los días despierto en las vías del tren? —preguntó Sofía.

—Creo que eres sonámbula, mi amor —respondió Armando.

—¿Por qué me mientes? —reclamó la mujer fantasma.

—Porque... no quiero volverte a perder —dijo su pareja, con tristeza.

—Recuerdo mi error. Fue mi culpa. Y tu rostro, mi amor... lo siento —se disculpó Sofía, intentando acariciar el rostro cicatrizado de Armando.

—No, mi amor, no hay nada que perdonar. Solo quédate conmigo —suplicó Armando.

En ese momento, Sofía se transformó en un lirio gigante del que surgió una niña pequeña. Ella saludó a Armando y le mandó un beso con la mano. Era la niña más hermosa del mundo, asombrada por lo que veía a su alrededor. Segundos después, la niña se convirtió en otro lirio cuyas hojas se desprendieron poco a poco al ritmo de lo que parecía una sonaja metálica gigante, hasta no quedar nada. Armando no comprendió lo que acababa de presenciar. Fue la escena más llena de amor y cariño que había experimentado en su vida, seguida de una enorme paz. Esa noche, el dentista tuvo el sueño más profundo de su existencia. Se sentía lleno de vida y anhelaba, una vez más, encontrarse con su esposa e hija en las vías del tren. La esperó a la hora y en el lugar exacto, con su celular en la mano, pero ella no volvió a aparecer. Y, mientras el tren se acercaba, comprendió que la escena que había presenciado la noche anterior no volvería a repetirse. Esperó a que alguien le aplastara el pie sobre el acelerador, pero nada ocurrió. El sonido del tren aumentaba; el claxon de los carros a su alrededor se repetía sin orden. El dentista, en sus pensamientos, vio a su familia esperándolo en el más allá, sonriéndole con ternura. Pero algo lo sacó de su ilusión de vodka barato y alcohol. Sintió que algo lo empujaba por detrás, sacándolo poco a poco de las vías del tren.

<<Sofía, nada me detendrá de volverte a ver>>.

Por el espejo retrovisor vio cómo una camioneta Ford F-350 Dually lo empujaba hacia adelante sin esfuerzo, con su motor V8 460 rugiendo como un león frente a un ratón asustado. El dentista intentó activar el freno de mano, pero el carro comenzó a moverse hacia adelante mientras la camioneta Ford pasaba a su lado. Segundos después, sintió un segundo golpe en la parte trasera izquierda del vehículo, que se fragmentó en miles de navajas que se incrustaron en la parte baja de su columna. La fuerza del impacto lo hizo volcar y lo sacó con violencia de las vías del tren.

Estaba suspendido por el cinturón de seguridad, con la cabeza hacia abajo, comprendiendo que, a pesar de la estupidez... no era su momento.

CIERRE DEL CASO

Después de lograr contactar a Armando y reunir una gran cantidad de evidencia mediante los videos obtenidos con la aplicación Ghost Social, se llegó a la conclusión de que el hombre, a pesar de no haber llevado de forma correcta el duelo por la muerte de su esposa y de no encontrarse en un estado mental idóneo, estaba diciendo la verdad respecto a los encuentros con diversas entidades. Esta conclusión se sustenta en la amplia cantidad de registros capturados de la entidad denominada *Sofía*, videos obtenidos durante el trayecto desde las vías del tren hasta la casa de la pareja, así como en el interior de la vivienda.

Se cuestionó al odontólogo sobre si había observado algún fenómeno paranormal sin el uso de aparatos electrónicos. Su respuesta fue afirmativa: mencionó cambios bruscos de temperatura, leves variaciones en la iluminación de las habitaciones y un aroma persistente a rosas, flores que eran las favoritas de su esposa. Más allá de la intensidad de dichas manifestaciones, estas tendían a disiparse con el paso del tiempo, en especial al llegar la noche, momento en el que el sujeto refería experimentar una profunda sensación de soledad.

El último día que afirmó haberla visto, cuando también se manifestó la presencia de su hija, describió una sensación de calor envolvente, una luz que iluminó toda la casa y un constante sonido que identificó como el del sistro, instrumento musical para rituales del antiguo Egipto. Eran las nueve de la noche y, según su relato, la experiencia fue comparable a la salida repentina del sol.

Entidad memorial luminotérmica consciente (ELMC).

Con base en las variaciones térmicas, lumínicas y de memoria, se catalogó este fenómeno. Sin embargo, la manifestación de entidades correspondientes a seres que no llegaron a existir de forma física, como la hija en estado de gestación, dificulta una clasificación definitiva de estos eventos. Otro diferenciador fue que la entidad no presentaba un comportamiento parasitario ni causaba daño directo a las personas. Por el contrario, generaba sensaciones de bienestar en el anfitrión, mientras que su ausencia provocaba estados emocionales negativos en este.

Cada vez existen más evidencias de espíritus que no solo responden a un patrón basado en la intensidad de la tragedia vivida, sino que también poseen conciencia y memoria, lo que les permite interactuar con los seres vivos en un intento por concluir asuntos pendientes de sus vidas pasadas.

Trabajo *Drunk or Stoned*

La aplicación registró en Armando diversos niveles de alteración estimada (0.02–0.30 BAC) en un Grado I. Dichos valores no se asociaron al consumo de alcohol, sino a tratamientos médicos previos y posteriores al accidente, entre ellos analgésicos, ansiolíticos y medicamentos para inducir el sueño. El perfil clínico indicaba múltiples intervenciones quirúrgicas consecuencia del choque, incluyendo cirugías en el torso y procedimientos en el cerebro, lo que, aunado a pocas horas de descanso y altos niveles de estrés, generaba alteraciones físicas y perceptivas.

La aplicación emitió varias recomendaciones, entre ellas el seguimiento médico constante para controlar la compatibilidad de los medicamentos prescritos, la reducción progresiva de estimulantes, el aumento de las horas de reposo y el acceso a consultas especializadas mediante su red de hospitales y doctores afiliados. Asimismo, sugirió material informativo relacionado con la rehabilitación física, neurológica y el manejo del duelo.

EVIDENCIA 4

Mandrake el místico mentiroso

7 de mayo de 2025

En San Pedro Garza García, Nuevo León, la familia alemana Richter, cuya fortuna provenía de maquiladoras de plásticos industriales especializadas en componentes médicos en México, vivió el miércoles una de las tragedias más terribles de su historia. Una de las tres hijas Richter había asistido, sin permiso familiar, a una fiesta en el centro de Escobedo. Aloisa Richter, de veinte años, era una joven alta, de cabello castaño, que solía vestir ropa masculina. Había concluido la carrera de Negocios Internacionales en la facultad de Lyon y cursaba el cuarto semestre de Ingeniería Industrial. Era muy extrovertida para los estándares de sus padres, pero algo introvertida dentro del grupo de payasos de la Facultad de Ingeniería. Deseaba liberarse del control de su padre, de sus reglas y regaños, y conocer más lugares de Monterrey junto a un grupo de amigos de la misma facultad. <<La verdad, no me importa con quién ir o hacia dónde voy. Solo quiero irme de mi casa>>, pensó Aloisa.

Tres días atrás, María, compañera de clases de Aloisa, la había descubierto en el baño de la escuela tomando varias pastillas de benzodiacepina. Su compañera le pidió que compartiera un poco de la sustancia, con la intención de evitarle una posible pérdida de conciencia y, al mismo tiempo, conseguir algunas pastillas gratuitas. Ambas eran muy similares en gustos y en la forma en que sus familias las manipulaban. Aloisa estaba harta de los estudios, harta de la presión constante por ser siempre la mejor.

—¡Terminé una carrera completa en unos años! —soltó Aloisa, con la voz quebrada—. ¿Qué más quiere mi papá? O sea, nunca es suficiente. En mi casa todo es control, reglas, horarios... parecemos un culto, te lo juro. No amigos, no novio, nada.

Se pasó la mano por la cara y lloró sin poder detenerse.

—Lo odio. Es un tirano horrible. Dime tú... ¿eso es normal? ¿A ti también te pasa algo así?

María negó con la cabeza en señal de apoyo. Pensó durante unos minutos, miró su celular y le mostró información sobre la tradicional fiesta anual de las Romanas, un grupo de chicas conocidas por organizar celebraciones a gran escala. Ambas necesitaban desestresarse por la presión constante y decidieron asistir a la fiesta del miércoles por la noche sin decirles nada a sus padres, prometiéndose beber tanto alcohol que dejarían, de una vez por todas, las drogas y las pastillas que consumían con frecuencia.

El día de la fiesta, Aloisa informó a sus padres que se quedaría en casa de su compañera María para avanzar en varios proyectos escolares. Una camioneta con vidrios polarizados la recogió en la entrada de la mansión Richter. María se presentó ante los padres de su amiga con una vestimenta muy similar: saco negro adornado con un elegante moño rojo y pantalones holgados del mismo color. El padre miró a su hija de forma despectiva y asintió con seriedad al observar a la acompañante. La madre estudiaba cada uno de los movimientos de la recién llegada con una sonrisa fría y artificial, la mirada de una modelo retirada que analizaba a una nueva competencia, más joven y enérgica. Todos se saludaron y se despidieron de manera diplomática, pero con la rapidez mecánica de un trámite burocrático. En cuestión de segundos, los padres les dieron la espalda. Aloisa se quedó con una sensación de rencor y soledad al notar que no volvieron a mirar hacia atrás, sin una sola muestra de cariño o preocupación por ella. Su rostro se enrojeció con el frío de la noche mientras contenía las lágrimas.

Al salir de los terrenos familiares, el interior de la camioneta se transformó en un *party bus*, lleno de luces y bebidas. Las dos amigas se quitaron los sacos y los pantalones que llevaban puestos para revelar dos vestidos de fiesta, uno rojo y otro verde. Los corridos tumbados de Pantio Caro comenzaron a sonar con la canción *Eres el diablo*. Varios amigos que viajaban con ellas sacaron cervezas de unas hieleras que llevaban dentro del vehículo. A las chicas no les gustó la música, pero, con las bebidas, fueron encontrando el ritmo. El grupo se dirigió entonces a la fiesta organizada por las compañeras de la clase de Física IV y Laboratorio, conocidas por celebrar reuniones que a veces se extendían hasta tres días seguidos. Por primera vez, después de cuatro semestres, habían sido invitadas. María le explicó a Aloisa que la única razón de la invitación era que sabían que podían aportar una buena cantidad de dinero para el consumo de alcohol; sin embargo, a Aloisa no le importó; tenía tanto dinero en su cartera que podría comprar un bar, si quisiera. En el camino rumbo a la colonia Santa Marina, por la avenida Gonzalitos, una SUV Chevrolet Tahoe con vidrios polarizados se emparejó al lado izquierdo de la camioneta en la que viajaban Aloisa y sus amigos, justo en un crucero, mientras el semáforo permanecía en rojo. Al lado derecho del vehículo de los estudiantes, una patrulla comenzaba a organizar un retén antialcohólico. De pronto, un grupo armado descendió de la SUV Tahoe polarizada con fusiles semiautomáticos AR-15 y comenzó a disparar tanto contra la camioneta de los jóvenes como contra la patrulla. Las balas calibre .223 se abrieron paso con facilidad entre las puertas y ventanas del vehículo, matando a varios policías e hiriendo a los ocupantes con una violencia fulminante. Los tres policías que lograron sobrevivir respondieron segundos después, acribillando a varios de los agresores y obligándolos a huir. Sin embargo, en el fuego cruzado murieron tres estudiantes, entre ellos la joven Richter.

Horas después, cuando mostraron el cuerpo a los padres, el

rostro de Konrad Richter permaneció frío, con un semblante duro y lleno de desaprobación hacia el acto de su propia hija. La madre, Lia, contenía su llanto, con el rostro enrojecido, hasta que terminó desmayándose. El esposo la sostuvo justo antes de que cayera, y entonces ella derramó todas las lágrimas que había reprimido durante años.

La familia Richter siempre había sido reservada y no establecía amistad con cualquier vecino. Procuraban traer amigos y parientes desde Alemania para, con el tiempo, crear su propia comunidad. Sin embargo, no solo eran una comunidad extranjera: tenían sus propias creencias, ligadas con profundidad al espiritismo. Como no había sacerdote o brujo dispuesto a viajar a México, contrataron a uno por sus propios medios. El hombre se hacía llamar Mandrake. Tenía el cabello largo y suelto, y vestía una túnica blanca de mangas cortas, abierta en forma de triángulo en el pecho, combinada con un pantalón de mezclilla y tenis Nike blancos. Lo que más llamaba la atención de todos era la ausencia de su mano izquierda. Según su historia, la había sacrificado a una entidad demoníaca para salvar a un amigo. Para Lia Richter eso era irrelevante, siempre y cuando cumpliera los rituales al pie de la letra y consiguiera en el mercado negro criaturas exóticas: cocodrilos, jaguares, ajolotes, entre otras, tareas en las que ella no deseaba involucrarse.

Durante cuatro días se realizaron distintos rituales, muchos de los cuales el brujo tuvo que modificar. Entre ellos había uno destinado a contactar entidades de resurrección. Mandrake afirmaba comunicarse cada noche con un espíritu llamado "el Retoño", que se describía como una joven sin memoria, con los rasgos físicos de Aloisa durante su infancia. La familia, desesperada, siguió adelante con los ritos, realizando sacrificios ante diversas deidades oscuras y mefistofélicas. Con el paso de los días, el brujo empezó a perder claridad mental. Sentía una entidad que cobraba fuerza, malignidad y presencia, y que lo guiaba por el camino de la perdición: los vicios, la codicia y la venganza. Por las tardes, el cuerpo de Lia levitaba por los pasillos de la casa Richter, generando un ambiente bochornoso, casi erótico, y una temperatura tan elevada que parecía alcanzar miles de grados centígrados. Los gemidos femeninos se transformaban, al final del oscuro corredor, en los rugidos de un león rampante que jugaba como un niño antes de precipitarse al vacío de la habitación de Aloisa. Por las noches, los sonidos se convertían en largas y solitarias conversaciones de Konrad en su estudio, que se extinguían hasta dejarlo exhausto y drenado de toda energía vital. La ilusión, el deseo, el engaño y el insomnio llevaron al brujo a romper su contrato con los Richter.

El domingo, tras la huida del brujo, Lia continuó con los rituales restantes: ritos de materialización del espíritu, sacrificios de criaturas violentas a cambio de criaturas sin pecado, corrupción de la carne y la sangre para alcanzar una nueva esperanza de vida. La casa pareció despertar. El aroma que la inundaba era dulce y natural. El sonido de los depredadores fue sustituido por las risas inocentes de recién nacidos, y una luz cálida iluminó cada rincón de la mansión. El martes trece por la mañana, toda la familia se sorprendió al ver, en la silla principal del gran salón, un vestido de fiesta azul con volantes de malla. Era el vestido que Aloisa había usado en su niñez. No estaba lleno de polvo ni carcomido por las polillas, sino como recién comprado: limpio, nuevo y con aroma a mangos frescos. De las pocas cosas que Nuevo León le había regalado a Konrad estaban su hija y el olor de los mangos; esa mezcla visual y olfativa le encendió una esperanza casi infantil. <<Nunca dudé que te volvería a ver. No sabes lo mucho que tengo que reclamarte>>, pensó Konrad, esperando que el mensaje llegara al espíritu de su hija. Por un momento, la familia creyó que el ciclo se cerraba, que estaban juntos otra vez. A través de la posesión y la magia negra, traerían a Aloisa de regreso. Konrad vio la aplicación Ghost Social. Se había vuelto tan viral que incluso en los círculos de ocultismo comenzaba a hablarse de una herramienta capaz de mostrar a los seres queridos fallecidos. <<Podré volver a ver a mi hija>>, pensó emocionado.

Para el miércoles, toda la familia despertó a las cuatro de la mañana, llena de energía, como si les hubieran inyectado adrenalina. Fueron al gran salón, donde el vestido azul permanecía sobre la silla principal. Los hermanos menores de Aloisa no podían quedarse quietos; caminaban y gritaban sin control.

—Hagan algo por Aloisa —exigía Florian, nervioso, caminando de un lado a otro, hasta que Konrad le dio una bofetada tan fuerte que casi lo derribó.

El vestido azul levitó por un instante, como si reprochara la acción del padre. Todos se volvieron hacia la silla principal en silencio. Para Lia, esa había sido la señal que esperaba. Salió de la casa, despertó a los criados y comenzó el último ritual para intentar devolver la vida a su hija. La arquitectura de la casa Richter siempre había sido extraña, diseñada para atraer ciertos tipos de energía. El gran salón era el peor de todos: tenía forma de pirámide, paredes huecas y selladas de manera hermética con vidrio antibalístico. Lo llenaban de sangre de animales sacrificados para el ritual. A las cinco de la madrugada, cada miembro de la familia se sentó en su respectiva silla de respaldo alto, cada una equipada con un proyector portátil en la parte superior. En conjunto, recrearían una imagen tridimensional basada en lo que los celulares capturaran en diversas vistas mediante Ghost Social. Cuando el salón quedó por completo iluminado por la luz de la luna, las velas y las lámparas de los celulares, todos pudieron ver cómo el vestido comenzaba a llenarse. Tobias, el hermano menor, lo señalaba sorprendido. Lia lloraba de orgullo, segura de que la idea de su esposo había funcionado. Pero Konrad, mientras ajustaba los últimos detalles de su toga ceremonial rojo carmesí, notó que el vestido se inflaba de manera grotesca, hasta adquirir una forma de cuerpo deforme. Segundos después, todos pudieron ver la causa de la anomalía: el ser dentro del vestido era un hombre obeso, de piel grasosa, ojos pequeños y juguetones, nariz irregular y labios diminutos y apretados. Tenía el rostro burlón de un embaucador que imitaba con torpesa las poses femeninas de las fotos de la difunta. Cada movimiento desgarraba más el vestido: faltaba una manga, un agujero enorme dejaba salir parte de su vientre, y la tela se rompía a su alrededor. El lector de labios de la aplicación subtituló lo que decía la entidad: "Hallo, Vater Konrad".

CIERRE DEL CASO

Con base en múltiples publicaciones en la aplicación Ghost Social, noticias en los periódicos locales, pláticas con los amigos sobrevivientes al atentado y diversas entrevistas a la familia Richter, se completó la historia sobre la desgracia de Aloisa y el engaño de la entidad malévola conocida como el retoño. Más adelante se investigó el lugar de los hechos, el punto donde la chica murió asesinada por sicarios; sin embargo, los únicos fantasmas que permanecieron fueron los de los delincuentes, atrapados como un residuo espectral o remanente energético, condenados a recibir una y otra vez un disparo en el corazón y en el cuello. Con ello se concluyó que el espíritu de la joven trascendió, sin pendientes ni mensajes finales para su familia.

En cuanto a la entidad conocida como el retoño, no fue posible identificarla ni relacionarla con algún evento específico del lugar; únicamente se le describió como una entidad errante, consciente, hostil y parasitaria, que habitó durante mucho tiempo la mansión Richter, se alimentaba de Aloisa y de sus padres hasta que, al ser descubierta por sus habitantes, abrió unas enormes alas de chotacabras, desapareció y no volvió a manifestarse.

Entidad mimética parasitaria de origen no humano

Una entidad no humana que imita identidades humanas específicas para infiltrarse emocionalmente, obtener anclaje físico y alimentarse de deseo, duelo, culpa y obsesión ritual.

Trabajo *Drunk or Stoned*

La aplicación registró en Konrad y Lia Richter diversos niveles de alteración estimada (0.03–0.31 BAC) correspondientes a un Grado I. Konrad Richter consumía de manera constante vino; Lia registró un consumo alto de alcohol en diferentes variedades: coñac, brandy y vino. Por otro lado, la aplicación marcó el uso de calmantes prescritos, así como de medicamentos posteriores a varias intervenciones estéticas persistentes, lo que generó desinhibición emocional, distorsión perceptiva y patrones conductuales atípicos.

La aplicación emitió varias recomendaciones, entre ellas la reducción y el control médico del consumo de alcohol y sedantes, la supervisión estricta de medicamentos postoperatorios, el restablecimiento de ciclos regulares de descanso y la limitación de actividades que intensificaran estados alterados de conciencia. Asimismo, sugirió atención psicológica especializada en duelo complejo, así como material informativo relacionado con la regulación emocional, la dependencia a sustancias y los riesgos asociados a conductas compulsivas.

EVIDENCIA 5

El fantasma de luz

8 de mayo de 2025

Fernando movió el torso bajo la sombrilla de playa al sentir el calor intenso del sol del Caribe mexicano sobre su piel bronceada. Tomó un trago de cerveza Bohemia mientras dejaba que las neuronas de su cerebro borraran los recuerdos de la pelea con su exjefe en su antiguo trabajo como director ejecutivo. Se dejó llevar por el sueño hasta que recordó que debía apagar su celular. Con la mano izquierda lo sacó de la arena blanca y, antes de presionar el botón de encendido, revisó las notificaciones. Entre ellas apareció una de Ghost Social, una aplicación que se había convertido en su pasatiempo favorito: la investigación de fenómenos paranormales y el turismo de lo fantasmal. El hombre se despabiló por completo y revisó el dispositivo.

La aplicación de realidad aumentada, similar a Pokémon Go, marcaba la presencia de fantasmas cercanos en función de la ubicación GPS. Al apuntar la cámara hacia el mar y comenzar a transmitir en vivo en la red social de Ghost Social, observó un reflejo brillante nadando sobre las olas, que tomaba la forma de una silueta blanca y danzante entre las ondulaciones del agua, como un gigantesco vestido de lentejuelas que destellaba y encandilaba con luces multicolores. A lo lejos, en el horizonte infinito, otra luz, aún más grande, opacaba la incandescencia del astro rey: una estrella diurna que comenzaba a alterar el balance de luz de la cámara, haciendo imposible que la aplicación reinterpretara la forma del posible fantasma.

Fernando sintió cómo la temperatura de su cuerpo se elevaba. La humedad de su piel comenzó a evaporarse y el ambiente se tornó seco. Pensó que su traje de baño se desintegraría; sin embargo, su cuerpo permaneció intacto. Intentó interactuar con la entidad, pero el ser no parecía reconocer palabras, gestos ni sonidos. La luz que emanaba del celular alcanzaba entre diez mil y cincuenta mil nits, una cantidad peligrosa de luminancia que comenzó a quemarle el ojo izquierdo, obligándolo a apartar la mirada. A pocos metros, una niña que jugaba con su hermanito en la arena intentó fotografiar el castillo que construían, activó por accidente la aplicación y también captó a la entidad.

—¡Me arden los ojos! ¡Esa luz me quema! —gritó la niña, desesperada.

—¡Deja de mirar el celular y arrójalo a la arena! —gritó Fernando, que seguía grabando mientras el dolor en el ojo izquierdo le provocaba una migraña insoportable.

La niña, con la marca rectangular de una quemadura en el rostro, dejó caer el celular y corrió hacia sus padres, quienes revisaron sus ojos de inmediato. El escándalo atrajo a numerosos curiosos que, como un enjambre de palomillas, se dirigieron al lugar donde se encontraban Fernando y los niños. Los transeúntes que no tenían la aplicación no vieron nada, pero quienes conocían la tecnología sacaron sus celulares y observaron un par de luces intensas que los enceguecieron y marcaron su piel. Muchas personas que nadaban cerca de la zona donde se manifestaba la entidad sintieron un ardor intenso, comezón en la piel y una deshidratación súbita, lo que los obligó a regresar a la orilla. La mayoría se refugió bajo la sombra mientras examinaba, con miedo, las quemaduras de primer grado que comenzaban a aparecer. Varias ambulancias llegaron para atender a personas desvanecidas o con síntomas graves de insolación. La temperatura y la histeria colectiva aumentaban. Los adultos mayores recogieron sus pertenencias y se refugiaron en el hotel; las familias buscaban palapas o sombrillas. Fernando, sin embargo, continuaba grabando. <<Esto es lo más increíble que he visto en mi vida>>, pensó. Sentía que algo lo impulsaba a seguir grabando, una energía que lo sostenía. Segundos después del fenómeno, la temperatura comenzó a descender. En la pantalla apareció la silueta de una masa flotante blanca que parecía respirar, expandiéndose y contrayéndose, mientras se fusionaba con la luz del segundo sol visible al fondo. Eran dos seres luminosos que se mezclaban y se separaban a la vez, como un entrelazamiento cuántico, una conexión extraña, como si la entidad pudiera existir en ese punto y, al mismo tiempo, fundirse a billones de años luz con la estrella distante, influyéndose. Poco después, la temperatura bajó hasta unos agradables veinticinco grados y quedó solo un atardecer sereno, con la luz anaranjada del sol en el horizonte. Los seres habían desaparecido. La agitación y el nerviosismo se disiparon poco a poco. Algunas personas volvieron a recostarse en la arena, pero Fernando sintió un vacío extraño, como si a un niño le permitieran probar el helado más delicioso del mundo y, un instante después, se lo arrebataran sin explicación. Paramédicos del hotel comenzaron a revisar a los presentes. Un adulto mayor, caucásico y con la piel enrojecida por el fenómeno, caminaba observando el suelo con atención y chocó de pronto con el turista. El viejo no parecía interesado en hablar, pero señaló algo en la arena: un camino elevado, como un pequeño terraplén. Fernando le preguntó qué era, pero no obtuvo respuesta, así que decidió seguirlo. Descubrieron que el montículo formaba una circunferencia de cientos de metros de diámetro, entrando y saliendo del mar, hasta volver al punto inicial. El influencer de Ghost Social investigó en internet y, con ayuda de inteligencia artificial, concluyó que era fulgurita, una formación geológica natural que requiere temperaturas muy altas. <<Si este fenómeno nos hubiera alcanzado de lleno, estaríamos muertos>>, pensó. El anciano señaló una silla de playa partida en dos, ubicada justo en medio del camino de fulgurita. Por fortuna, no hubo heridos graves. Esa noche, las televisoras locales informaron sobre la temporada de calor más intensa en la historia reciente, con cientos de casos de insolación y quemaduras de primer grado. Los medios calificaron lo ocurrido como un hecho circunstancial y sin relevancia, atribuyéndolo a una "isla de calor urbana" o a supuestos "respiraderos geotérmicos". En redes sociales, numerosos usuarios contradijeron estas versiones y aseguraron haber visto una mancha esférica blanca en el cielo. En los comentarios de Ghost Social, algunos hablaban de una estrella de primera generación; otros sugerían que el fenómeno podía persistir en forma de ecos y que la aplicación amplificaba su percepción. Incluso hubo expertos que plantearon que la presencia observada podría ser ancestro de un sistema solar antiguo, con entidades inteligentes intentando comunicarse. El turista revisó sus grabaciones, pero el fenómeno no había quedado registrado como lo había visto: los videos mostraban solo pantallas en blanco, al igual que las grabaciones de los demás testigos. Guardó en su maleta una pequeña muestra de fulgurita y, antes de regresar a Oaxaca, volvió a la playa donde todo ocurrió, sin volver a experimentar nada similar. Al desaparecer las quemaduras, quedaron cicatrices con forma de símbolos desconocidos, ideogramas que no coincidían con ninguna escritura conocida. Fernando y los demás testigos desarrollaron una necesidad instintiva de reunirse cada año en ese lugar y entonar un canto sostenido, sin palabras, dedicado al Sol hasta el final de sus vidas. Cada uno conservaba una pieza de fulgurita, ya fuera como collar, anillo o dije. El fenómeno que experimentó, esa mezcla de paz, tranquilidad, asombro por la naturaleza y la playa de Cancún, lo acompañó todos los días de su vida. No algo negativo, sino una sed insaciable por comprender ese nuevo mundo que se había revelado ante sus ojos.

CIERRE DEL CASO

Con base en las publicaciones en la aplicación Ghost Social, se llegó a la conclusión de que no se trataba de un fantasma, demonio o espectro, sino de un evento energético consciente que puede existir en una escala local y astronómica, dejar marcas físicas en la materia y producir conductas posteriores al evento. Sin embargo, se clasificó en la aplicación debido a su potencial para captar este tipo de fenómenos en el futuro.

Entidad no humana fototérmica de origen cósmico-liminal

Una entidad no espiritual, no fallecida, no terrestre,
cuya manifestación ocurre como un evento energético
consciente, no como presencia espectral.

Trabajo *Drunk or Stoned*

La aplicación registró en Fernando niveles leves de alteración estimada (0.03–0.18 BAC), clasificados dentro de un Grado I. Dichos valores se asociaron a un consumo ocasional de cerveza y mariguana, así como a estados prolongados de estrés laboral, fatiga mental y patrones de evasión vinculados a una personalidad exploratoria, con alta tolerancia a la incertidumbre y tendencia a la búsqueda de experiencias nuevas.

La aplicación recomendó la moderación en el consumo de sustancias, el establecimiento de periodos regulares de descanso y la reducción de factores de estrés relacionados con el trabajo. Asimismo, sugirió material informativo enfocado en la gestión del estrés, el autocuidado durante viajes frecuentes y el uso responsable de sustancias en contextos recreativos.

EVIDENCIA 6

La estrella oscura

11 de mayo de 2025

Un joven llamado Makadesh esperaba de pie, afuera de su automóvil, congelándose en una encrucijada de un pequeño pueblo al sur de Finlandia. Soportaba una temperatura de diez grados centígrados bajo cero mientras aguardaba una llamada. ¿Qué persona podía valer tanto como para justificar un comportamiento tan extraño? Sin embargo, para aquel hombre de treinta y cinco años aquello no representaba un gran sacrificio. La mayor parte del tiempo se dedicaba a la agricultura y la ganadería, y disfrutaba de la caza y la recolección de bayas, setas y plantas, su pasatiempo favorito. De pronto, sintió un temblor en el pantalón. Metió la mano en el bolsillo y sacó su celular Samsung Galaxy XCover. En la pantalla solo apareció un símbolo en los mensajes: un signo de más. Entonces, el joven comenzó a gritar una serie de palabras inconexas, carentes de relación aparente.

—Deseo, placer, violador, ruptura del orden, serpientes, enfermedad, destrucción, fuego,fin —exclamó Makadesh.

Un viento violento lo derribó, congelando sus extremidades y quemando su rostro. Tenía el cuerpo tan entumecido que no podía tocarse la cara ardiente, como si un balde de aceite hirviente lo consumiera desde dentro. Giró el cuerpo, pero antes de tocar la nieve con el rostro, otra ráfaga lo empujó de nuevo, obligándolo a quedar boca arriba. Entonces, las lámparas del poste de luz se apagaron, la iluminación del vehículo se fundió y, en la oscuridad absoluta, lo que quedaba del espíritu de Makadesh fue consumido.

Dentro de una cálida y rústica cabaña en medio del bosque, la pequeña Emily observaba una aurora boreal desde su habitación, mientras su hermano y sus padres conversaban con Olivia, una de las dueñas del lugar. Era una mujer joven, de unos treinta años, que mostraba una sorprendente alegría pese al frío de la noche. Compartían un cerdo asado y bromeaban sobre las costumbres que los finlandeses consideraban exageradas de los británicos, como evitar hablar de política o de dinero en la mesa. Los Evans lo tomaron con humor y explicaron que, para ellos, era de mal gusto centrarse en esos temas, sobre todo porque no tenían dinero suficiente para pagar el hostal. Olivia abrió los ojos con sorpresa y los Evans rieron casi hasta caer de la silla. El sonido de un automóvil y los faros altos alertaron a todos de la llegada del dueño de la cabaña. Olivia se mostró feliz al saber que su esposo Jacob había regresado. Varios golpes secos y potentes resonaron en la puerta de gruesa madera de pino; fueron tan fuertes que la nieve acumulada en el techo, sobre un ventanal, se desplomó en grandes cantidades. Como la familia Evans no conocía al esposo, comenzaron a imaginarlo como un vikingo corpulento y gigantesco. Olivia sonreía con nerviosismo mientras levantaba las manos para cubrirse el rostro. Al abrir la puerta, de la oscuridad emergió un joven muy delgado y pálido, con la ropa manchada de lodo y un raspón en la frente. Tenía ojos azules, nariz respingada, cabello rubio y labios pequeños y delgados. Los presentes quedaron sorprendidos por su apariencia, y el recién llegado respondió con una sonrisa amplia.

—Este año sigue igual de frío. Hola a todos, mi nombre es Jacob Laine —dijo, saludando a los huéspedes.

El hombre se preparó una taza de café y se sentó junto a ellos. Explicó que tenía un cliente cerca de Heinola Kyrkonkyla y Hujansalo.

—Nosotros pasamos por ahí, pero no vimos ningún edificio o negocio —comentó el señor Evans.

Jacob explicó que llegar hasta ese punto era complicado y que había que caminar varios kilómetros por el bosque, con temperaturas que oscilaban entre los diez y los veinte grados bajo cero.

—Si no te proteges bien y no tienes buena condición física, es fácil morir en el bosque. Muchas veces, durante mis recorridos, encuentro animales muertos —dijo, mirando al hijo de la familia.

El joven reaccionó con sorpresa y luego intentó disimular su inquietud. La conversación se volvió incómoda y misteriosa a la luz de la chimenea, y la familia comenzó a sentirse cansada.

Antes de despedirse, Jacob sacó una botella de champagne y varias copas. Sirvió para todos, incluso para la pequeña Emily. Insistió en que levantaran a la niña para brindar, lo que incomodó de manera considerable al padre, afroamericano de nacionalidad inglesa. En consecuencia, solo los adultos brindaron; el niño tomó un refresco. Jacob insistió en que no brindar por el día de las madres era de mala suerte, incluso para los niños, pero aceptó la negativa para evitar conflictos.

12 de mayo de 2025

Al día siguiente por la mañana, Emily despertó destapada y con frío. Todo estaba en silencio. Fue a la habitación de sus padres, que permanecían acostados en la cama. Les habló, pero no respondieron. Luego fue al cuarto de su hermano, envuelto en varias colchas. Molesta porque había tomado cobijas de su cama, las recuperó. Miró por la ventana buscando algún ave o venado, pero no había nada, ni siquiera el sonido de animales. Pasaron las horas y todo seguía igual. Tenía hambre, así que volvió al cuarto de sus padres, que continuaban inmóviles. Un olor extraño y nauseabundo impregnaba la habitación, pero su hambre era mayor. Intentó despertarlos con fuerza, hasta que la cabeza de su padre se desprendió del cuerpo. Emily miró a su madre y la encontró también muerta, con uno de los ojos desprendido. Gritó pidiendo ayuda, pero nadie respondió. Corrió al cuarto de su hermano y encontró un pequeño charco de sangre bajo los siete cobertores. Retrocedió hasta la puerta sin dejar de mirar el cuerpo. De pronto, su hermano despertó. Observó su propio cuerpo, que comenzaba a deshacerse, y luego miró a Emily. Intentó gritar, pero sus cuerdas vocales estaban destruidas. Caminó hacia ella, pero Emily, aterrada, corrió fuera de la casa. Su hermano la siguió, mientras su cuerpo se desintegraba. La persiguió entre la nieve hasta internarse en el bosque, donde Emily se perdió para siempre.

Por la tarde, un grupo de hombres limpió el hostal e instaló un equipo tecnológico desconocido conectado a un emulador de la aplicación Ghost Social. Entre los cuerpos retirados estaba el de Olivia, cuyo rostro conservaba una expresión de desesperación, como una estatua de cera. Jacob Makadesh Laine llegó y lloró al ver a su esposa entre los sacos mortuorios cargados en una van negra. Los veinte hombres y mujeres que lo acompañaban, vestidos con batas blancas, le respondieron en una lengua extraña y se alinearon para una inspección. Afuera, otro grupo transportaba desde el bosque dos cuerpos pequeños que guardaron en una camioneta oscura. Un automóvil deportivo negro llegó al lugar. De él descendieron tres hombres de ochenta años, vestidos con trajes ejecutivos. Al entrar a la casa, se quitaron los lentes oscuros e inclinaron la cabeza ante el dueño del hostal. Cada uno pronunció su nombre en una lengua oscura antes de dirigirse al comedor, donde se colocaron togas ceremoniales. Dos eran de nacionalidad italiana; el tercero, un brujo de Catemaco, México, miembro del clero de la Iglesia católica y parte del Colegio de Cardenales, conocido por difundir información falsa sobre la supuesta batalla secreta contra las fuerzas del mal. Comenzaron a pintar símbolos por toda la casa. Obreros de la localidad retiraron el techo del tercer piso, dejando expuesto el nivel completo. Con ayuda de una grúa, montaron una extraña pirámide de madera con cuatro hendiduras de dos metros de altura. Enfermeros vertieron sangre en cuatro contenedores de cristal cortado y los colocaron dentro de la estructura. Desde el emulador, un demonio ubicado en Egipto fue proyectado sobre una gigantesca pantalla de niebla. Apofis, una entidad cambiante, mostraba en su masa oscura fragmentos de una colosal serpiente. Intentaba liberar a otro demonio en algún punto del mundo a cambio de su propia liberación, un pacto que solo auguraba caos y destrucción del orden cósmico. Mientras la proyección avanzaba, una oscuridad absoluta devoraba la luz de las estrellas, y una desesperanza profunda se apoderaba de los participantes del ritual. La temperatura en lo alto del hostal descendió de manera abrupta, alcanzando entre treinta y treinta y cinco grados bajo cero. Rodeado por cuatro monjes oscuros, Jacob Makadesh ofreció el último sacrificio carnal. Su cuerpo desnudo comenzó a congelarse bajo el viento hasta alcanzar los cuarenta grados bajo cero. En sus últimas palabras pronunció un solo nombre.

—Astaroth.

Una segunda oleada de viento frío y fétido azotó la casa, congelándolo todo y quemando la pirámide junto con el cuerpo de Makadesh. En su lugar quedó una pila de huesos que comenzó a alimentarse de la sangre de cuatro inocentes, dando forma a un demonio humanoide con manos y pies de dragón. Los brujos, resguardados en pequeñas cámaras revestidas de plomo, sobrevivieron y recibieron siglos de conocimiento del duque infernal Astaroth, información corrupta que eclipsó cualquier vestigio de moral, ética o valores humanos. Con la sangre aún en los ojos, se dio inicio al segundo ritual, el que por fin liberaría a Apofis del eterno ciclo de guerra en el que permanecía contenido junto a la deidad Ra.

Este fue solo uno de los muchos sucesos que marcaron el inicio de la primera guerra espiritual a escala global. No una guerra impulsada solo por intereses humanos, políticos o económicos, sino un conflicto que alteraría el equilibrio entre las deidades que controlan, protegen y atacan el planeta de forma constante. Estudiosos de la magia negra, el satanismo y múltiples cultos comenzaron, por primera vez, a buscar indicios de energía oscura concentrada. En la aplicación Ghost Social surgieron comunidades dedicadas a esta búsqueda. Gracias a la tecnología desarrollada por Aarón, el fenómeno se expandió con rapidez: en pocas semanas, ya existían grupos activos en Europa y en Estados Unidos.

CIERRE DEL CASO

Este contenido fue recabado solo con fines legales por los abogados de Aarón Villalobos, Miguel Clark y Dhruv Sharma. La aplicación Ghost Social no es responsable de los hechos investigados.

EVIDENCIA 7

Lázaro

15 de mayo de 2025

Un hombre de piel morena, rostro hiperpigmentado, complexión delgada y gran estatura sujetaba con la mano derecha una pistola Magnum .357. Sudaba dentro de su traje negro de diseñador Armani. Escuchaba, con las orejas inclinadas y puntiagudas, cómo varios hombres intentaban entrar a la fuerza en su oficina. Con la mano izquierda observaba en el celular un video en el que varios influencers culpaban al gobernador Francisco López de ser el autor intelectual de cientos de asesinatos perpetrados en Lomas Taurinas, en Tijuana.

Se asomó por una abertura entre las cortinas de su ventana y vio a varios grupos de manifestantes y activistas organizándose fuera de la plaza cercana al palacio de gobierno. El líder político había subestimado la situación y esperaba contar con al menos un mes para refugiarse en alguna casa de Chicago antes de que su sexenio terminara o de que sus pecados vinieran a cobrarle factura. Sin embargo, el video de Ghost Social se volvió viral con tal rapidez que, el mismo día de su publicación, varias patrullas, elementos federales y marines estaban a punto de derribar las puertas de la residencia del mayor genocida en la historia de Baja California Norte. El hombre apuntó con la pistola hacia la entrada de su despacho en el palacio de gobierno, se levantó del sillón y se dirigió a una gaveta donde guardaba un whisky Bowmore ARC-54 de 1968. Abrió la botella y dio un largo sorbo directo de la boquilla. Sintió un calor agradable que se expandía por la lengua y la garganta. <<Esta bebida era para una partida a Chicago, con todos los gastos pagados y acompañado de las modelos más hermosas de Guadalajara, pero todo se fue a la mierda>>, pensó para sí mismo, mientras, como un balde de agua helada, recordaba la nueva legislación que permitía condenar a una persona con base en el testimonio de un fantasma. <<Estúpidas legislaciones independientes, pero esos tecnócratas y creadores de tecnologías no se van a ir limpios>>.

El Poder Judicial de la Federación se había vuelto creativo con la nueva aplicación de celular que, apoyada en los testimonios de cientos de fantasmas, había permitido capturar a miles de asesinos en cuestión de días. Él sabía que, si lo detenían, su destino sería peor que la muerte. Primero vendrían juicios interminables, con los espectros testificando en su contra, todos por desaparición forzada. Pero aquello no terminaría ahí: muchos burócratas estaban implicados, por lo que los casos escalarían hasta convertirse en crímenes de Estado. Con las acusaciones aprobadas, el hombre sería sentenciado, no a múltiples cadenas perpetuas, sino a un nuevo método de ejecución reservado para criminales con tantas víctimas que resultaban incuantificables. Lo llamaron "la pena de Lázaro". Consistía en ser asesinado y luego devuelto a la vida por los muertos, repitiendo el proceso tantas veces como víctimas hubiera, cada ejecución a manos del fantasma que lo acusaba. Si el cuerpo del condenado sobrevivía a todos los castigos, tendría derecho a una apelación e incluso a la liberación, aunque eso jamás había ocurrido. Recordaba haber visto a varios políticos sometidos al castigo una y otra vez, hasta que el cuerpo terminaba casi desintegrado. Son los químicos: el organismo llega a un punto en que está saturado de toxinas y ya no puede purgarse lo suficiente para volver a la vida. A partir de entonces, el espíritu del condenado deambula sin descanso, sin posibilidad de trascender. Eso era aprovechado por los fantasmas. <<Ese es el verdadero infierno>>, pensó. Le dio un trago más prolongado al whisky y sintió que el resto de su tiempo se diluía en un suave y dulce mareo. Dejó caer la botella y tomó el celular. En la pantalla apareció el fantasma de su padre, sentado frente a él. Era un hombre robusto y corpulento, con bigote de morsa, que, pese a todo, lo miraba aún como un padre. La bocina del dispositivo se activó de repente.

—Entrégate, hijo. Ya no hay manera de tapar lo que hiciste —dijo don Gabriel, intentando sujetarle la mano armada —. Has derramado demasiada sangre inocente en tu copa y ya comienza a desbordarse. Dios no se queda callado para siempre. Esto ya empezó a cobrar su precio.

—Hice todo lo que me dijiste, padre —respondió el gobernador, con la voz temblorosa—. Todo. Tragó saliva y no soltó el arma.

—Desaparecí a los Mercedes, a los Turquesas, a los Porfirios... Limpié todo como me aconsejaste. Y aun así... aun así no fue suficiente.

—Sí, pero luego fuiste más lejos —dijo don Gabriel—. Mandaste callar a periodistas inocentes solo porque te incomodaban o porque te vieron cometer errores. Eso no es justicia. Eso es abuso y tarde o temprano se paga.

Un fragmento de la entrada del despacho cedió ante el hachazo de un bombero. Francisco se puso de pie y levantó el arma. A través del celular vio cómo su padre se interponía entre la pistola y las autoridades que terminaban de forzar la puerta.

—No lo hagas, hijo. Baja el arma —gritó don Gabriel—. No te cargues más delitos de los que ya tienes encima. Ya me mataste una vez con todo esto... no lo vuelvas a hacer.

En la pantalla del celular de Francisco, la complexión gruesa de Don Gabriel cambió a la de un hombre cadavérico, pálido, con ojos enormes y brillantes. Sus huesos se podían ver a través de la ropa elegante que vestía y un aroma putrefacto inundó el lugar. Entonces, una ola gigantesca de apatía y desesperanza golpeó al gobernador tan fuerte que perdió toda voluntad de sí mismo. Sintió una molestia en sus pies. Por inercia movió el celular hacia ellos y pudo verlo: un pentagrama invertido, abierto por un círculo, brillaba a su alrededor. Mientras su padre se reía de él... era el Gran Duque del infierno y estaba ganando.

—No era así, papá. Tú no entiendes lo que me pedían —dijo el gobernador, desesperado—. Yo no tengo la fuerza para cargar con este castigo.

Entonces, en lugar de apuntar a las autoridades o a su padre, colocó la pistola bajo su mandíbula y jaló del gatillo. Todos se detuvieron durante unos segundos, esperando un espectáculo atroz. Sin embargo, por más que accionó el gatillo, el arma no disparó.

—Francisco López Cabrera, queda usted detenido por orden de la Fiscalía General de la República por su presunta participación en delitos de corrupción, homicidio calificado y desaparición forzada. Tiene derecho a guardar silencio y a contar con un abogado. Todo lo que diga podrá ser usado en su contra.

CIERRE DEL CASO

Este contenido fue recabado solo con fines legales por los abogados de Aarón Villalobos, Miguel Clark y Dhruv Sharma. La aplicación Ghost Social no es responsable de los hechos investigados.

CAPÍTULO 7

La familia de Dhruv

11 de mayo de 2025

El amor es una palabra que evoca significados tanto figurativos como abstractos. Lo que sí es comprobable es el conjunto de reacciones químicas que provoca en el cerebro y en el resto del cuerpo. Sin embargo, ¿podrían esas reacciones detonar habilidades capaces de crear un vínculo telepático a través del plano etéreo? Dhruv estaba afuera de las ruinas de la mina El Ramillete. Movía su celular Oppo de un lado a otro; hacía acercamientos con la cámara a las rocas y, en el silencio de la zona desértica de Zacatecas, recordaba la catástrofe que él y sus amigos habían sobrevivido. Quería confrontar sus miedos, pero también, en su mente, honrar a Carmen, la mujer que los sacó de la mina y que, al buscar a su padre en problemas, solo encontró la muerte.

Algunos fantasmas rondaban por la entrada principal, donde tres puestos de recuerdos y comida permanecían cerrados con cortinas metálicas, los pocos que se habían mantenido en pie. Para el hindú de Nueva Delhi, después de tanto tiempo en contacto con el mundo espiritual, algunas apariciones eran como la proyección de una película: muchos espectros de turistas atravesaban las rocas que habían tapado la entrada de la mina; minutos después desaparecían y, una hora más tarde, volvían a aparecer. El joven permaneció ahí varias horas y después regresó al departamento que rentó en las cercanías. Durante tres días repitió la misma rutina: viajaba, esperaba y regresaba. En ocasiones les preguntaba a los turistas si podía demostrarles el punto exacto en el que habían muerto. La mayoría de los espectros pensaban que seguían vivos y, cuando comprendían la situación, algunos trascendían. Le daba cierta alegría ver que cada persona tenía una forma teatral de avanzar a otro plano: unos se convertían en flores; otros eran recibidos por sus familiares, que los abrazaban y se los llevaban consigo; mientras que algunos sufrían una transformación en animales o incluso en comida. También había fantasmas que conocían su situación, pero tenían un propósito imposible de completar y permanecían ahí de manera indefinida. Al tercer día, logró conseguir los permisos para establecer una estación de investigación con un grupo de diez personas voluntarias, entre ellas familiares que habían perdido a seres queridos en el derrumbe. Trajeron geólogos, topógrafos e ingenieros, quienes llegaron a la misma conclusión: se necesitarían varios meses para poder acceder a la cámara principal de la mina. Esa misma noche, el estudiante de Nueva Delhi vio un espectro distinto a los turistas a los que estaba acostumbrado. Era un minero de edad avanzada que cargaba un pico y una cubeta. La piel de su torso desnudo brillaba con la grasa y el polvo de oro que parecía contrabandear. El joven hindú corrió hacia él. El minero lo miró, soltó la cubeta y agitó el pico, atravesando varias veces al joven.

—¡Ora!, es mío y no pienso compartirlo. No me ande midiendo —gritó el hombre con actitud huraña.

—¿Quieres más oro? —preguntó el hindú, asustado.

—¿Oro? pos, guerco con dinero, más mejor. Pero la mina cobra caro¿Cuál es el truco? —contestó el fantasma.

—Necesitamos a un experto que conozca la mina y nos ayude a rescatar los cuerpos de nuestros seres queridos —dijo el estudiante.

—¿Y de a cómo? —preguntó el minero, muy interesado, soltando el pico.

—¿Qué tal suenan algunos lingotes de oro de veinticuatro quilates? Cada uno con un peso aproximado de trece kilogramos —respondió el joven, empezando a intoxicarse con el olor que el espíritu generaba.

El minero escupió en su propia mano y después se la extendió a Dhruv. El joven hizo lo mismo y, por un momento, sintió un calor que envolvía su mano. Caminaron hasta la estación de investigación y, tras una hora de plática con los expertos, un joven chino llegó en una camioneta negra. Bajó, hizo una reverencia con mucho respeto al fantasma y le mostró un lingote de oro de veinticuatro quilates que llevaba en una caja negra. El minero nunca había visto oro en estado tan puro.

—Ora, ora, lo único que había visto en mi vida eran vetas, pepitas o polvo, pero jamás algo tan puro. Es precioso¿verdá?. Los llevaré por las minas, pero, no me esté tanteando para ver donde guardo mis cosas. Con eso o nada, plebes —dijo el minero.

Gaspar los condujo por fuera de la mina y, al llegar al ala oeste, les mostró una entrada muy estrecha para un humano. La atravesó y, treinta minutos después, regresó para señalar un camino en el mapa que tenían. Mientras tanto, el joven hindú iba trazando la ruta. Tras la confirmación de los expertos, comenzaron a trabajar con excavadoras, bulldozers y volquetes articulados. Poco a poco fueron liberando una segunda entrada a la mina, el camino prometido por el minero. El hindú y su equipo fueron limpiando el túnel de rocas y algunos cadáveres de turistas y mineros atrapados. Parte del equipo colocaba los restos en bolsas para cadáveres. Algunas patrullas también trajeron a sus peritos para iniciar el reconocimiento de los cuerpos. Después de tres horas, una de las voluntarias gritó dentro de la mina: había encontrado a su hermana, perdida desde hacía varias semanas. En ocasiones, algunos reporteros se acercaban al equipo de Dhruv para felicitarlos por el trabajo y pedir permiso para grabar dentro de la mina. Sin embargo, el equipo de seguridad estaba muy bien entrenado para rechazar esas peticiones. El movimiento durante esa noche fue intenso. Se fueron sumando más voluntarios al descubrir los primeros tres cadáveres de turistas atrapados en el derrumbe. Había mucha prensa; el gobierno enviaba brigadas que más bien obstaculizaban la investigación. El ruido era constante: equipos de rescate, bomberos, patrullas. El estudiante miró desde el cuarto de control hacia la cueva. Informaba a Aarón sobre los avances cuando, de repente, entre las diferentes fuentes de luz que afectaban a la cámara de su celular, pudo distinguir lo que parecía la silueta de una mujer con peinado *pin-up* de otra época. Seguía a un grupo de rescatistas que cargaban varios cuerpos. Los hombres colocaron los restos en diferentes bolsas y la mujer los seguía, intentando captar su atención. El joven investigador se levantó y corrió hacia ella.

—¿Carmen?... ¿eres tú? —dijo el hindú, sorprendido.

—Señor, ese es mi padre... o al menos su ropa —exclamó la mujer, llorando mientras batallaba por sacar algo de entre las prendas que vestía el esqueleto, casi a punto de deshacerse.

—¿Quiere que lo intente yo? —preguntó el joven.

La mujer asintió. El muchacho comenzó a inspeccionar la ropa del occiso y sacó una pequeña placa metálica de aluminio con un poco de óxido. Tenía grabado el nombre de la compañía minera KAFRAX y, en otro renglón, el apellido Gómez, seguido de la letra A. Fue suficiente para corroborar que eran los restos de su padre. Intentó apoyar su mano en el hombro de Carmen, pero casi terminó cayendo de frente. Volvió a colocarla lo más cerca posible y ella lo agradeció. Se quedó con ella toda la noche. <<¿Cómo puedo verte sin siquiera usar mi celular?>> pensó para sí mismo y, de repente, surgió otra voz en su mente: <<no lo sé>>. Platicaron de todo: de la vida de don Alejandro, de su día a día, ya que eran una familia de mineros. La mayor parte de los hombres moría por los gases de la mina o por algún derrumbe. Era una vida difícil. La madre de ella había arreglado su futuro para que se casara con el hijo del dueño de varios mercados importantes de productos maquilados con piel, vinil y tela sintética. Un día, su padre fue a la mina por la madrugada. Junto a otro minero buscó a escondidas un poco de oro, pero no regresó a casa. Carmen fue por la mañana a buscarlo, pero no lo encontró. Al día siguiente, en el pueblo se rumoró que la mina se había derrumbado. Ella no recordaba nada de eso. Desde entonces, iba a la mina a buscar a su padre. Nunca lo halló. Su familia dejó de hablarle y todo se volvió extraño. Dhruv conocía la respuesta, pero no quería provocar que ella trascendiera. Quería seguir platicando con ella; quería ayudarla a encontrar el espíritu de su padre. Habló con Gaspar sobre el padre de Carmen. El minero le explicó que muchos de sus compañeros se habían ido hace años; otros habían trascendido poco a poco. Carmen exigió al hombre que los guiara por los caminos ocultos de la mina. Le explicó que no se meterían con su oro, que solo quería volver a ver a su padre.

—Mija, no se meta en eso, ya le dije al plebe lo mismo, la mina cobra caro —les advirtió Gaspar.

El minero fantasma los condujo por varios senderos escondidos entre paredes y hundimientos de roca. Había entradas demasiado estrechas para que entrara el hindú, pero no para Carmen, que avanzó por la zona noroeste de la cueva. Mientras caminaba, vio cómo Gaspar se sobresaltaba al escuchar un ruido detrás de una pared. El minero se puso nervioso y miró en todas direcciones; luego la miró a ella e intentó disimular su nerviosismo.

Carmen dejó que Dhruv se adelantara y aprovechó para introducirse en la pared donde Gaspar se había asomado antes. Lo único que alcanzó a ver fueron rocas sobre rocas, sin un solo hueco donde pudiera esconderse algo, y aun así se escuchaba un sonido: algo que rebotaba contra las piedras. La mujer flotó a través de roca y arena comprimida durante varios minutos, en zonas inexploradas de la mina. De repente, escuchó cómo un pico chocaba entre las piedras, como si no hubiera espacio suficiente para maniobrar con la herramienta.

—¿Alejandro? ¿Alejandro Gómez, estás aquí? —gritó Carmen, pero el sonido se apagó de inmediato.

Después de un tiempo, en cierta posición, logró escuchar a alguien gritar:

—¡Québrate, maldita piedra, La chingada madre! —era el grito de un hombre frustrado y cansado.

Carmen se movió un poco y dejó de escucharlo. Minutos después volvió a la posición inicial y lo oyó otra vez quejarse.

—¿Alejandro, eres tú? —dijo Carmen, agotada.

—¿Quién anda ahí, carajo? La piedra no me suelta —contestó el hombre.

—¿Cuál es su nombre, señor? —preguntó Carmen.

—Quien sabe. Solo esta maldita roca... pero creo que ya va a ceder —gritó el hombre varias veces.

El fantasma estaba atrapado entre las piedras, con amnesia. La única forma en que alguien pudiera escucharlo era que ambos ocuparan el mismo lugar en el espacio: compartir mentes, recuerdos y sentimientos. Así fue como Carmen le dio vida a ese minero perdido en la oscuridad. Los recuerdos que ella le entregaba llenaron el vacío de su pensamiento. El hombre fue borrando el rencor que sentía por la traición, una ira que solo lograba liberar golpeando las piedras, trabajando sin descanso durante cuarenta años, mientras intentaba encontrar a la persona que lo había traicionado y lo dejó morir en la oscuridad. La hija pudo ver en su mente el último recuerdo de su padre: corrió en la oscuridad y se esforzó por alcanzar a un hombre desconocido que cargaba una antorcha en la mano derecha. Justo en el momento en que podría ver su rostro, un montón de piedras cayó sobre ella. Gritó, pidió que no la abandonara, que le dijera a su esposa e hija que estaba atrapado en la mina. Después, sus pensamientos se mezclaron, mostrando los recuerdos de Carmen corriendo a recibir a su padre en casa, preparándole miguitas con chile para la cena, leyéndole *El Principito*, ya que su padre no sabía leer. Entonces el minero dejó de golpear las piedras. El coraje y la sed de venganza desaparecieron. Una fuerza comenzó a jalarlo. Por un momento, las rocas en las que estaba atrapado se transformaron en vetas de oro y diamantes. Las piedras comenzaron a cantar como pequeños corderos, el cordero de la historia de *El Principito*, esa historia que hubiera querido terminar junto a su hija. Todo comenzó a girar con lentitud hasta que... Alejandro, su padre, trascendió. Carmen, en cambio, quedó atrapada entre las piedras con el antiguo pico de su padre, buscando liberar la furia adquirida, encerrada en un bucle infinito. De repente, comenzó a escuchar un tambor que retumbaba entre las piedras y que, cada segundo, aumentaba su velocidad hasta llegar a ciento ochenta golpes por minuto. El ritmo bajó de volumen, pero fue acompañado por un conjunto de gritos. Alguien la llamaba en lo profundo, en sentido contrario al camino de furia que había trazado su padre. Era una voz joven y de tierras lejanas. Esa persona estaba ahora perdida en la oscuridad. Carmen soltó el pico y flotó hacia la fuente del sonido. Un joven moreno y delgado estaba asustado y le gritaba al fantasma de Gaspar, pero lo único que se escuchaba era a alguien llamando a el Gran Duque. Algo jaló al hindú y lo sacó con violencia de la mina. Todo el equipo de investigadores vio cómo su cuerpo salió expulsado de la entrada de la mina El Ramillete. En el piso, el fantasma de Carmen poseyó a Dhruv en cuerpo y alma y, en su mente, lo besó sin control, mientras convertía los ciento ochenta latidos por minuto en ciento cuarenta. Para ella, ese joven la había salvado de una eternidad de ira. Algo en su voz, en su inocencia, la sacó de ese ciclo infinito de furia. Intentó recuperar su vida perdida, quiso sentir amor por primera vez y, en el pensamiento del hombre, descubrió que la única razón por la que Dhruv estaba en esa horrible mina derrumbada, entre cadáveres y fantasmas, era porque quería volver a verla.

CAPÍTULO 8

Un verdadero amigo

14 de mayo de 2025

Hay videojuegos donde el héroe se hace fuerte, desbloquea armas legendarias, escudos impenetrables y combos imposibles de contrarrestar. Otros donde corres contra la enfermedad mortal e incurable del tiempo. Y hay otros donde debes administrar cada recurso, como Sun Tzu en *El arte de la guerra*, porque, si fallas, terminas luchando contra lo desconocido a puño limpio. Ahí, el premio no es la victoria, sino el trayecto. La estrategia y la anticipación al movimiento del oponente. Y cuando la campaña parece imposible, no hay mejor forma de afrontarla que jugar con amigos. Eran las seis de la mañana y el sol parecía estar en su punto más alto. Mientras tanto, dos siluetas oscuras entraban en un estadio abandonado del municipio de Los Ramones, en el estado de Nuevo León, y se abrían paso entre la grava suelta y la maleza que crecía alrededor. Levantaban con dificultad las mallas de acero oxidadas, mientras un ranchero de la localidad los observaba; sostenía un AK-47 entre los brazos. Momentos después, asintió con la cabeza para que continuaran su trayecto. Caminaron hasta llegar a las puertas del estadio Naranjero, donde otro hombre, de apariencia oriental, les entregó una tableta. Las dos personas colocaron ambas manos sobre la pantalla; la aplicación aceptó su ingreso y, de forma automática, comenzó a abrirse la reja principal. El ambiente fuera del estadio era triste y depresivo, pero en las gradas se sentía una energía distinta: positiva, cargada de adrenalina, emoción, felicidad y una gigantesca expectativa por el futuro. Una de las dos siluetas, al entrar, levantó su celular. El estadio estaba lleno de fantasmas que miraban un partido entre las estrellas de la antigüedad. Dos equipos se enfrentaban: uno se llamaba Las Tormentas y el otro, Los Rayos. A lo lejos se distinguía al delantero Alfredo Di Stéfano avanzar con el balón hasta las afueras del área y soltar un cañonazo que amenazaba el ángulo superior izquierdo de la portería, mientras el guardameta Lev Yashin, tan ágil como una chita, predecía la trayectoria, se lanzaba hacia su costado derecho y lograba una salvada que, en otras vidas, no habría conseguido. Todos los presentes lanzaron un grito al cielo que provocó una enorme ráfaga de viento en el estadio, desviando a las dos siluetas de su dirección. En la pantalla del celular se veía cómo la afición espectral comenzaba a prestar atención a los recién llegados. Incluso algunos jugadores en la cancha empezaron a observarlos, hasta que ambos descendieron por unas escaleras que conducían a unas oficinas situadas debajo del campo de soccer. Eran dos figuras muy delgadas. Una de ellas era Aarón, que había bajado de peso casi quince kilogramos consumido por el estrés y las constantes amenazas de empresarios, gobernantes y delincuentes que lo presionaban por las consecuencias que la aplicación estaba provocando en el mundo. La otra persona que lo acompañaba era un ex militar mexicano que, tras su jubilación, trabajaba para grandes empresarios. Era un hombre delgado y correoso, lo suficiente viejo como para haber presenciado cada fenómeno sobrenatural de la región, conocer a fondo el terreno y saber que ese estadio ni siquiera los delincuentes querían utilizarlo, pues estaba maldito. Sin embargo, gracias al apoyo de los fantasmas, habían logrado limpiar el lugar de poltergeists. Ahora el sitio transpiraba un aire de esperanza para el mundo espiritual, lo que lo convertía en un faro capaz de atraer a numerosos espíritus. El hidrocálido y su escolta, al pasar por el pasillo que conectaba las distintas salas de investigación, podían admirar la más alta tecnología china, japonesa y alemana, gracias a la alianza de la aplicación con varias empresas internacionales: desde estudios de nanotecnología hasta sistemas de reconocimiento de distintos planos de la realidad. En una de las pantallas de la sala de mando se observaban las métricas principales de la aplicación. Algunas, basadas en el comportamiento de los usuarios, mostraban una preocupante inclinación hacia rituales, satanismo y demonología a nivel mundial. Cada vez resultaba más difícil controlar los usos que se le daban a la función de ver espíritus con la cámara, entre otras utilidades que habían ido incorporando. En un mapa mundial proyectado en un holograma se distinguían regiones marcadas en verde, amarillo y rojo, según la densidad de población incorpórea. Algunos pueblos incluso se habían adentrado tanto en la magia negra que terminaron convertidos en manchas rojas dentro del atlas geográfico. En el momento en que Aarón comenzó a hablar con su equipo de trabajo en la sala de mando, una pantalla adherida a la pared se tiñó de rojo, llamando la atención de todos. Eran noticias de última hora, elaboradas por algunos alumnos de la Facultad de Comunicación. Gobiernos corruptos empezaban a revertir las legislaciones que castigaban a genocidas con base en los testimonios de personas fallecidas y, además, intentaban imponer multas a la aplicación por cientos de motivos: desde temas relacionados con la privacidad de la información hasta desastres naturales y contaminación ambiental. El desnutrido hidrocálido presionó una pulsera plateada que llevaba en la muñeca derecha y pronunció el código número uno. Minutos después, en una noticia difundida en redes sociales, un grupo de abogados justificaba cada reporte emitido por alguna entidad federativa, corporativa o particular. Unas horas más tarde, algún burócrata calificaba los señalamientos como una malinterpretación de los hechos y extendía su agradecimiento al CEO de la plataforma Ghost Social. Tras ello, el líder conversaba con Miguel mientras realizaban un cambio de servidor en la aplicación. El partido de soccer, sin embargo, no era una coincidencia. Aquellos miles de espíritus reunidos en el estadio compartían una misma necesidad: querían trascender cuanto antes. Había pasado una hora desde la llegada de Aarón, pero los miles de golpes contra las bancas del estadio retumbaban en los pasillos del búnker. <<Pues claro que van a seguir jugando, son fantasmas. ¿A dónde rayos van a ir?>> se preguntó el anoréxico alumno, al entrar a un cuarto por completo iluminado. Presionó su pulsera y dijo la palabra «materialízate». No ocurrió nada. Entonces se dirigió a un cómodo sillón blanco y se sentó para relajarse unos minutos. Pensó en el giro que dio la vida de todos. Hace unas semanas no tenía ni siquiera para vivir y ahora tenían que pensar en cómo no perder tanto dinero que los pusiera en la cárcel o en riesgo de ser asesinados en cualquier parte. Y, lo peor, preguntarse si estarían listos para los exámenes finales del semestre. A su lado, en una gran mesa de madera, había varias bandejas de plata llenas de toda su comida favorita: sushi de camarón empanizado, hamburguesa americana, burritos de res con queso y aguacate. Pero su estómago se cerró; no había podido comer nada desde hacía varios días. No era falta de hambre, era miedo. Una llamada entró y lo sacó de su trance. Su familia le habló para felicitarlo por sus éxitos. Le presumieron que, gracias a su aplicación, lograron liberar a sus abuelos fallecidos, varios tíos, perros y gatos de este plano, para que siguieran avanzando. Sin embargo, también estaban preocupados por su salud. Su madre lloró unos minutos al darse cuenta de que su hijo no estaba comiendo correctamente, y su padre le pedía que tratara de terminar el semestre y que, sin importar los problemas que hubiera tenido en Aguascalientes, los visitara. Pasó otra hora y alguien tocó la puerta de cristal, pero el muchacho no vio a nadie. Aun así, hizo un gesto con la mano indicando que pasara. En ese instante apareció un cúmulo de partículas, semejantes a polvo suspendido, que comenzaron a tomar forma. Era un pequeño perro mestizo.

—Yo te recuerdo, pequeño. Eres el héroe de héroes —dijo Aarón, feliz, cuando un perro, parte chihuahua y parte salchicha, saltó sobre él para lamerle la mejilla.

—¡Primo Villalobos, primo Villalobos, soy Juanito, de Alemania! ¿Te acuerdas de mí? —gritó la voz de un niño, mientras otro cúmulo de partículas tomaba la forma de un pequeño de diez años.

—Juanito, ¿qué haces aquí? Tienes que trascender —reclamó el joven a su primo, cada vez más sorprendido y molesto, mientras bajaba al perrito, que comenzó a caminar por todo el cuarto.

—Necesitamos su ayuda, señor Villalobos —dijo una figura oscura que no terminó de tomar forma.

—¿Quién es usted y por qué tiene a mi primito? Suéltalo, wey, suéltalo ya —gritó Aarón, enfurecido con el hombre de negro.— Primo, no le grites… —pidió Juanito—. Es mi papá.

El hombre se presentó como Jaime Bravo, tío de Aarón. Él y su hijo habían muerto dos días atrás en un accidente automovilístico en Alemania. En ese momento, ni siquiera la madre del programador sabía lo que había ocurrido. Sin embargo, el mensaje que traían era más grave de lo que parecía.

—Un día después del accidente, con ayuda del otro conductor muerto y en estado de ebriedad, nos dimos cuenta de que… ¡estábamos muertos! Deambulamos por la larga calle Hanauer Landstraße, en la ciudad de Frankfurt am Main, intentando comprender qué nos retenía. Al principio nos sentimos en paz y algo comenzó a jalarnos hacia un sitio mejor. Sin embargo, tan extraño como pueda sonar, el clima de nuestro plano cambió, como si una nube oscura lo alterara todo. Fui mecido por lo que parecía el sonido del mar. Observé dos enormes lunas rojas que me miraban desde el cielo como los ojos de una serpiente a punto de atacar a su presa. Me hipnotizaron. Sentí un cosquilleo que envolvió todo mi cuerpo. El sonido de las olas arrastrándose en la arena se convirtió en el siseo de miles de serpientes que deletreaban el nombre de Apofis. Recuperé mis sentimientos humanos, pero enseguida comenzaron a arder. Vi cómo todos mis recuerdos se quemaban como ofrendas al demonio cósmico y se convertían en cenizas dentro de mi memoria. Al observarme, noté que mi espíritu volvía a tener apariencia humana, pero carbonizada, atrapada en un tormento que se repetía una y otra vez. Cuando vi que la nube comenzaba a cubrir a mi hijo, lo cargué y corrí lo más lejos que pude. No regresamos y no pudimos cumplir con nuestro pendiente. Recordé que, hace poco, te habías hecho famoso con la aplicación, y aquí nos tienes —dijo el hombre, que comenzaba a arder de nuevo, como si su cuerpo estuviera hecho de lava incandescente. Gritó varias veces y después volvió a calmarse.

—Todos necesitamos trascender, primo —dijo Juanito, mientras cargaba al perrito.

El joven líder los observó y lloró durante largo tiempo. Lo único que ocupó su pensamiento en ese momento, y que le brindó una tranquilidad pasajera, fue Diana: su cabello negro, con aroma a cerezas, lo envolvió como una frazada; su sonrisa y la esperanza de volver a verla con vida regresaron al primer lugar de su lista mental de asuntos pendientes. De pronto, en la pantalla apareció Dhruv, muy arreglado y peinado. Por un instante, pensó que alguien estaba vulnerando su sistema con una identidad falsa. Luego soltó una breve carcajada. El interlocutor arqueó la ceja izquierda y también se sorprendió por la burla.

—Amigo, encontramos a Diana —dijo el hindú, con evidente preocupación, transmitiendo desde Zacatecas.

—Lo siento, primo, pero tengo que irme por un tiempo —dijo Aarón a los visitantes.

—Necesitamos tu ayuda. Ningún espíritu está a salvo en este mundo si no podemos trascender —gritó Juanito, mientras su padre volvía a arder en llamas, suplicando auxilio.

—Todo el mundo espiritual habla de ti, sobrino. ¿Cuánto tiempo crees que tarden en encontrarte la trinidad maligna? No puedes esconderte para siempre de tus problemas. Necesitamos tu ayuda en esta guerra. Tú eres la conexión entre los dos mundos.

El hidrocálido salió corriendo del cuarto. A su paso se le unió su guardaespaldas, un hombre de unos cincuenta años, cargado con un chaleco táctico y varias armas largas. Mientras avanzaban por el pasillo, vieron a varios fantasmas que intentaban hablarles, ya que el joven no había desactivado su pulsera. Se disculpó con los espectros y salieron por el acceso C del estadio y abordaron un helicóptero Bell 412, un Black Hawk civil, cuyo motor y hélices ya estaban en marcha, levantando una enorme tolvanera.

Tras varias horas de vuelo sobre terrenos áridos, pueblos y presas, bajo un clima seco y soleado, el guardaespaldas le indicó a Aarón que sobrevolaban el desierto zacatecano y que en poco tiempo llegarían a las minas. El joven recibió una llamada de Dhruv, quien le habló del operativo que había organizado sobre las ruinas de las minas El Ramillete. Su amigo lo preparaba para lo peor: llevaban semanas enterrados bajo enormes rocas. Para el hidrocalido, el recuerdo del derrumbe comenzaba a asfixiarlo. Necesitaba saber, de una vez por todas, qué había sido de Diana. Quería volver a hablar con ella, aunque lo que escuchara no fuera real. Necesitaba sentir esperanza de nuevo y no que solo los fantasmas parecieran comprenderlo. Al llegar, el sol estaba en su punto más alto. La temperatura aumentaba y todo el equipo de búsqueda y reconocimiento geológico de Haidu se refugiaba del calor en cuevas y grandes casas de campaña. La mayoría eran estudiantes de agronomía que buscaban un ingreso extra para las bebidas de la noche o que realizaban prácticas profesionales en un entorno distinto. El programador y su acompañante descendieron del helicóptero. El muchacho de Nueva Delhi miró a los recién llegados, pero batalló un tiempo para reconocer a su amigo. Su altura era la misma, pero estaba demasiado delgado; después, al reconocer su peinado desarreglado y su rostro, se acercó y lo abrazó. Caminaron hasta la primera tienda de campaña, donde ocho personas discutían alrededor de un mapa de la mina El Ramillete. Un grupo de mineros se abría paso entre los escombros y, en pocas horas, tendrían acceso a una zona donde un fantasma llamado Gaspar había afirmado haber visto a varias mujeres moribundas. Algunos trabajadores murmuraban sobre la posibilidad de encontrar el oro oculto del minero. El líder escuchó los comentarios y habló con su amigo hindú sobre las verdaderas intenciones del grupo y la posibilidad de que abandonaran la campaña llegado el momento. Una explosión controlada anunció que había llegado la hora. Los dos amigos y el grupo se colocaron equipos de respiración autónoma y avanzaron por una entrada ubicada en el ala oeste de la mina. El polvo les nublaba la vista por momentos y les recordaba el peligro del derrumbe que habían sobrevivido semanas atrás. Aun así, avanzaron con cautela, despejando el camino poco a poco. El programador activó su pulsera y, en cuestión de segundos, todos pudieron ver al fantasma de un minero que caminaba encorvado al frente, cargando un pico sobre el hombro, como si su jornada jamás hubiera terminado. Iba sin camisa, con el torso y los brazos cubiertos de grasa y polvo dorado que brillaban bajo la luz de las lámparas. De vez en cuando volteaba para asegurarse de que lo siguieran. El minero les explicó que era muy fácil perderse en los túneles, auténticas trampas infernales. Cuando el hidrocálido miró a Dhruv, notó que sostenía una mano que flotaba en el aire: era femenina, firme. Por momentos, el minero desaparecía de la vista, pero minutos después reaparecía a escasos centímetros. El camino se bloqueaba en ocasiones por rocas, pero el equipo abría paso de inmediato. Aparecieron vigas dobladas y soportes de madera quebrados. El guardaespaldas señaló el muro derecho de la mina. Allí, una mujer yacía comprimida entre piedras y minerales; el cuerpo estaba demasiado aplastado para identificarlo. Uno de los jóvenes del equipo advirtió que moverlo podría provocar un nuevo colapso. Necesitaban continuar. Aarón se acercó al cadáver. No había ningún fantasma de la víctima ni de algún familiar cerca. El hecho resultaba inquietante: en la mayoría de los casos, cuando la muerte es violenta, el espíritu no logra descansar y ronda el lugar durante años. Otros integrantes del equipo encontraron más cadáveres incrustados en el otro lado de la mina: mineros, turistas, ladrones y asesinos. El desnutrido líder dejó a una mujer en el lugar y envió a otra al exterior para traer un equipo de peritos que iniciara la identificación e investigación de aquellas personas fallecidas. El resto continuó avanzando cuando el fantasma de Gaspar reapareció en la escena. Cuestionaron al minero espectral sobre los cuerpos atrapados en las paredes, pero él respondió que no sabía nada. El fantasma se comportaba como una grabación que se repetía una y otra vez: hablaba de las hermosas vetas de oro que tenía escondidas, de los cientos de años que había dedicado a construir su fortuna y de que, si lo ayudaban, tal vez compartiría un poco con ellos. El guardaespaldas preguntó a su cliente protegido sobre la fiabilidad del minero. El exmarine conocía bien el perfil de quienes lo sacrifican todo por las drogas, el dinero y el poder. Sin embargo, antes de que pudieran cuestionar más a Gaspar, llegaron a una pequeña cámara que formaba parte de la antigua mina. Varias estatuas de mineros estaban tan cubiertas de escombro que parecían mutantes hechos de arena. Los amigos reconocieron el lugar como el vestíbulo previo a la antigua discoteca del Ramillete, pero la entrada sur y la salida norte estaban bloqueadas por grandes rocas; solo quedaba un estrecho sendero hacia el este.

—Ahora, ¿por dónde, Gaspar? ¿Dónde está Diana? —preguntó Aarón.

El fantasma desapareció, y el equipo de seis personas quedó solo. De pronto, por el sendero aparecieron dos hombres armados, a quienes el guardaespaldas eliminó de inmediato. Detrás de ellos surgió un tercer hombre desarmado, con las manos en alto.

—Tiras bien, Ismael Zambrano —soltó con sorna—. Pero no estás en tu rancho. Por Los Ramones también sabemos dónde pegarle… a los que más quieres.

El guardaespaldas empujó a todo el equipo de regreso al túnel que habían abierto, mientras disparaba contra otro grupo de hombres armados que comenzaba a llenar el vestíbulo.

—No se haga, señor Villalobos —gritó el joven—. Sabemos bien qué quiere… y aquí sí le podemos resolver.

—¿Qué crees que queremos, pendejo? —respondió Ismael.

—Chicas, champaña y drogas. Todo eso te lo puedo dar —gritó el sicario.

Como si esas palabras activaran un conteo regresivo, Ismael comenzó a disparar contra los atacantes: tiros certeros al cráneo. Aarón notó entonces que, en el suelo del vestíbulo, había un símbolo enorme: una serpiente dentro de un gran círculo, seguido de un semicírculo; alrededor se dibujaba un pentagrama cuyas puntas estaban llenas de piedras preciosas, formando algo parecido a una corona, evocando a Astaroth.

—¡Todos, deténganse! Esto es una trampa —gritó el hidrocálido.

Ismael ya había abatido a varias decenas de sicarios, y la sangre comenzaba a extenderse alrededor de los símbolos grabados en el piso.

—Claro que es nuestra trampa —gritó el líder del grupo armado —. Y te cayó completita. Por todo el cagadero que le hiciste a políticos pesados, alguien tenía que cobrártela, y nos tocó a nosotros. Se rio con desdén.

—Además, hoy la suerte está de nuestro lado. Los dioses nos pusieron el camino y, gracias a eso, te encontramos.

—Claro que no. Ustedes también serán sacrificados. ¡Pobre diablo, hasta las mulas se ríen de ti! —gritó Dhruv, alterado por la situación.

Aarón buscó con la mirada a la persona a la que su amigo hindú había tomado de la mano durante el trayecto, pero no estaba ahí. Aun así, la forma de hablar de su amigo resultaba extraña: formal, rígida, casi rural.

—¿De qué hablan? Los dioses nos están cuidando. Somos intocables y el Gran Duque Infernal nos prometió la inmortalidad. Nada va a detener lo que sigue... ni tu muerte —gritó el joven sicario, fuera de sí.

Mientras le quitaba un arma semiautomática a un sicario muerto en el piso, comenzó a disparar sin recibir respuesta por parte de Ismael, avanzó usando grandes riscos como cobertura. El casi anoréxico líder lo vio acercarse al centro del salón, que comenzaba a colapsar de manera lenta. Observó cómo los zapatos de marca española se hundían en un enorme charco de sangre. El asesino a sueldo continuó disparando hasta quedarse sin municiones. Miró a su alrededor y una nube de soledad e impotencia deformó su rostro: la locura frenética dio paso a una desolación absoluta. Un grito retumbó en las paredes de la cueva, exigiéndole que abriera su mente. El criminal siguió saltando de una roca a otra hasta quedar a pocos metros del equipo del programador. Justo antes de disparar por última vez, apuntando a la cabeza de Aarón, algo lo mantuvo suspendido en el aire y le impidió accionar el arma. El líder de la banda frunció el ceño, confundido. Su cuerpo comenzó a cambiar de forma a la de un hombre cadavérico, pálido y de ojos brillantes. Un hedor fétido llenó en segundos toda la caverna. <<Danos la tecnología y yo te daré a quien más...>>. En ese instante, Ismael le disparó en la cabeza.

—Buena distracción. Ahora sí, estos cabrones se mueren aquí —dijo Ismael, exaltado.

—¡No, Ismael! Mira el suelo. Esto es parte de un ritual —gritó el programador, furioso.

La sangre del criminal comenzó a alimentar el símbolo de la serpiente, que brilló con un tono naranja intenso, mientras el círculo que contenía y controlaba al demonio se desvanecía. El suelo empezó a temblar y el túnel a derrumbarse. Los sicarios muertos se levantaron otra vez; sus huesos y extremidades se quebraron y fusionaron, adquiriendo la forma incompleta de un semidemonio, con vértebras que emergían como cuernos y rodillas transformadas en hombros de una bestia imposible. Solo la mitad del demonio era visible a simple vista; la otra mitad solo podía percibirse a través de la aplicación Ghost Social. El símbolo, inundado por la sangre de los pecadores, brillaba como lava viva y permitía que las entidades atacaran de forma directa a los seres vivos. No todas utilizaban cuerpos humanos como receptáculo: algunas estaban formadas por animales, caballos, coyotes y ratas gigantes. Era el infierno contenido, desplegado con un solo propósito: tomar el control del creador de Ghost Social. Ismael se abrió paso a punta de pistola entre los demonios que comenzaban a formarse alrededor de la entrada por la que el grupo criminal había ingresado. El equipo de seis personas avanzó esquivando golpes y mordidas de las criaturas. Dos jóvenes del grupo comenzaron a levitar y sus cuerpos fueron lanzados de un lado a otro contra las paredes, hasta que sus huesos quedaron por completo despedazados. Aarón configuró su pulsera y, entonces, pudieron ver a los espíritus demoníacos que los perseguían. Otros dos jóvenes empezaron a gritar y a disparar a la nada. El líder comenzó a presionar su pulsera como si esta tuviera un miniteclado integrado. Un demonio sujetó a una joven por la cabeza y los pies para despedazarla; cuando la criatura se solidificó en un conjunto de microcubos, utilizando una combinación de influencia sobre la interacción electromagnética débil y partículas como los neutrinos, el líder logró detener a los espíritus. Ismael sacó de inmediato a la chica de las garras de la bestia y ambos corrieron pegados al hidrocálido. Había tantos espíritus en el lugar que el tamaño de la cueva parecía haberse reducido al veinte por ciento de su capacidad, obligándolos a gatear entre la tierra y los microcubos de los entes oscuros. Después de recorrer quinientos metros, los demonios dejaron de intentar atacarlos, detenidos una y otra vez por el campo de fuerza del programador. Algunos espíritus de mineros quedaban suspendidos en el aire cuando, de pronto, Ismael apuntó hacia el espectro de una joven de complexión delgada, piel morena y unos dieciocho años, con el rostro cabizbajo. Al líder del equipo le tomó unos segundos reconocerla... era Diana. Cuando se conocieron, el día del derrumbe de la mina, solo en algunos momentos la chica había demostrado preocupación e incomodidad ante sus acompañantes: unos extranjeros adinerados y antipáticos. El fantasma quedó inmóvil al ingresar en el campo de fuerza espiritual del programador. El joven tocó varias partes de su pulsera con los dedos y la chica retomó su marcha.

—¿Diana? Diana, espera, por favor —gritó Aarón al espectro.

La joven lo miró, sonrió de manera breve y continuó su camino en sentido opuesto.

—Diana, los demonios están en esa dirección —advirtió el joven.

Al escuchar esto, la mujer regresó corriendo por donde había venido, pero atravesó la pared de la cueva rumbo al noroeste, hacia la zona donde se encontraba el antiguo salón de baile y eventos de la mina El Ramillete. El corazón de Aarón comenzó a latir con fuerza al pensar en su amiga muerta; la razón de todo lo que hacía empezó a desdibujarse. Dhruv interrumpió su abatimiento y le dijo que sabía dónde se encontraba Gaspar, el minero que había desaparecido momentos antes del ataque: estaba escondido en un sendero cercano a la salida de la cueva. Todos corrieron hacia el exterior. Ismael cargaba a una mujer del equipo a la espalda y avanzaba con rapidez; aun así, la condición física del cincuentón resultaba impresionante. Dhruv, por su parte, se movía con una agilidad inesperada, como un maratonista; incluso su cuerpo parecía un poco más alto y fornido que al ingresar a la mina. A quinientos metros de la salida del lado este, escucharon lamentos, pero prefirieron abandonar el lugar antes de que se produjera otro derrumbe. Un grupo de seguridad de la compañía china asociada con Aarón detuvo al resto de los secuaces que permanecían en los alrededores de la mina. Ya en el exterior, el chico de Nueva Delhi comenzó a vomitar; sin embargo, nada salió de su boca. Pasaron varios minutos hasta que su apariencia volvió a la que sus amigos recordaban: un joven de baja estatura y complexión delgada, con camisas gigantes de equipos de hockey canadiense, con lentes de fondo de botella que le daban un aspecto casi caricaturesco. Una vez erguido, agradeció en silencio a la nada. Al confirmar que los sobrevivientes del equipo seguían con vida, el líder del equipo volvió a internarse en la mina. Ismael lo siguió, después de dejar a la mujer herida con los paramédicos. En el interior, el joven escuchó lamentos. Caminó unos quinientos metros y encontró a Gaspar quejándose.

—¡Mal nacidos! Me prometieron más oro si los metía y puros cuentos. Uno incluso trató de echarme el tiro encima, pero se acabó: me llevo mi oro y me largo de este lugar, sonaba muy bonito para ser cierto, que el Duque se vaya a la chingada —dijo el fantasma, mientras miraba hacia un nuevo sendero que conducía al área noroeste.

—Llévame con Diana. Es lo único que me importa —gritó Aarón, conteniendo la ira y el odio que sentía hacia Gaspar por haberlos traicionado y provocado la muerte de varios miembros del equipo.

El fantasma se puso nervioso y alzó la vista hacia las profundidades de la cueva. Esa reacción fue suficiente para que avanzara en esa dirección. A sus espaldas, Ismael le gritaba que lo esperara, pero el joven continuó. El polvo se levantaba impulsado por la furia de los condenados, que intentaban detenerlo o asesinarlo. Entre la oscuridad de los demonios, que absorbía la luz como un agujero negro devorando hasta la estrella más brillante, se distinguía la silueta de una sala. El líder avanzó hacia lo profundo del sendero. De pronto, una parte de la cueva colapsó, dejando solo un pasillo y bloqueando el acceso para Ismael. El exmilitar gritó que regresaría con refuerzos para retirar el escombro, pero el joven ya estaba demasiado lejos. El muchacho llegó a lo que quedaba del salón de eventos de la mina El Ramillete. El aire estaba impregnado de químicos y del hedor de decenas de cuerpos que llevaban semanas sepultados bajo las rocas del derrumbe. Lo único que permanecía en pie era la barra del bar, cubierta de cientos de botellas rotas. Varias personas yacían en el suelo; parecían haber muerto hacía días. Rodeó la barra hasta llegar al área del cantinero. Tres personas estaban sentadas en el piso, tomadas de las manos. Les revisó el pulso: solo una mostraba signos vitales. El espíritu de otra comenzaba a desprenderse del cuerpo, como si rompiera una membrana invisible, pero regresaba una y otra vez a su envoltura; segundos después, la persona volvía a respirar. El joven intentó mantenerlos conscientes. Sacó una cantimplora de su mochila y humedeció los rostros de los sobrevivientes; luego les dio un poco de agua. Intentó comunicarse con el exterior, pero la saturación de espíritus interfería con la señal de radio.

—Necesitamos ayuda. Hay dos sobrevivientes dentro de la cueva —dijo Aarón por el walkie-talkie, sin obtener respuesta.

Continuó explorando hasta llegar al cuarto de la cocina. Allí, una enorme roca había caído y aplastado a todo el personal. Al no encontrar forma de rodearla, decidió regresar más tarde. En ese momento vio al fantasma de la misma mujer morena que había huido por el sendero. Esta vez se internó en la cocina.

El programador intentó seguirla, subiendo por el lado izquierdo de la roca que ocupaba el centro del cuarto. Descendió por un hueco lleno de piedras, las removió y, en una esquina, encontró a Diana y a otra mujer tendidas en el suelo, rodeadas de cientos de botellas de agua de plástico vacías. Un minuto después, el fantasma de Diana observaba su propio cuerpo inmóvil.

—¡Diana!, por favor, regresa a tu cuerpo —gritó el joven, desesperado.

—No puedo quedarme. Algo me está llevando... y me dejo. Me jala con cariño, como si supiera a dónde ir. Me siento en paz, de verdad... como nunca me había sentido. —respondió el fantasma, con una sonrisa cálida y hermosa.

Esa respuesta no la esperaba. Ver que la persona más importante de su vida no quería volver al mundo en el que él se encontraba comenzó a desbordarlo de angustia.

—Tienes que volver. En unos momentos todo se derrumbará y tu cuerpo quedará enterrado en este lugar —gritó, cada vez más alterado.

—¿Quién eres tú? —preguntó, retrocediendo apenas—. ¿Otro hombre que piensa que puede usarme para sus fines? ¿Qué es lo que buscas... qué te sirve de mí?

—Soy Aarón. Nos conocimos aquí, pero no espero que me recuerdes: estabas tan llena de drogas que... —dijo, antes de ser interrumpido.

—Tu nombre no me suena, pero entiendo lo que dices —respondió la mujer—. Y no quiero que mi cuerpo termine en este lugar tan horrible.

—Hay algo peor: el demonio...—advirtió el joven.

El fantasma intentó volver a su cuerpo, pero fue como querer atravesar un muro de acero. Lo intentó varias veces, sin éxito. Entonces el programador cargó el cuerpo de Diana sin dificultad; sintió entre sus brazos la fragilidad de sus huesos y una punzada de tristeza lo atravesó. <<No te voy a perder, Diana>>. Los espectros oscuros comenzaron a arremolinarse a su alrededor. Gracias a que el chico tenía activada la tecnología de su pulsera, lograba mantener a raya a las entidades; aun así, algunas empezaron a acercarse al fantasma de Diana. Entonces recordó el extraño comportamiento de Dhruv antes de llegar a la salida de la cueva. Estaba poseído por una mujer. Pensó durante unos segundos, miró al espectro de Diana, tierno y preocupado, y le pidió que se introdujera en su cuerpo. La joven lo miró sin comprender al principio; sin embargo, mientras más se acercaba, más entendía lo que debía hacer. El hidrocálido se sonrojó al verla tan cerca, como si fuera a besarlo, y, en cuestión de segundos, como atraído por un imán, el espíritu se adhirió a su cuerpo. Para Diana fue como subir a un automóvil y sentarse en el asiento del copiloto. <<Ya nos podemos ir, Fernando... es tu segundo nombre; a mí también me gusta el anime, jajajá>> pensó para sí mismo. Avanzaron por la cocina y, al llegar a la barra, las tres personas que estaban sentadas en el suelo comenzaron a deformarse y a adquirir la mitad del cuerpo de lo que parecía un demonio: seres incompletos que utilizaban a los humanos como plastilina para atacarlos. Sin embargo, al entrar en el campo de fuerza generado por la pulsera del joven, quedaban suspendidos en el tiempo. Aun así, avanzar por los pasillos llenos de escombros resultaba difícil. Para rodear a las criaturas, el programador tuvo que golpear los brazos demoníacos que le bloqueaban el paso. Cuando cruzaron el bar, un nuevo temblor terminó de sepultar lo poco que quedaba del lugar. Entonces, comenzó a trotar por la cueva, complicada de atravesar debido a la oscuridad que generaban los demonios. Sintió el miedo físico y mental de Diana recorrer todo su cuerpo, el shock de ver por primera vez algo paranormal. La fantasma, sin embargo, podía ver la salida y le indicaba cuándo orillarse, agacharse o arrastrarse. Una voz macabra le hablaba al oído. Le explicó que dejara a todos atrás, que tomara a Diana como su esclava y permitiera que el mundo ardiera. Que entendiera que nada tenía sentido. Y que viviera solo para su placer. <<No les hagas caso. Eso que oyes no viene de ti>>. Tras avanzar un trecho, llegaron a un muro de piedras: el paso estaba por completo bloqueado. Intentó mover las rocas, pero fue inútil. Gritó, aunque la oscuridad absorbía el sonido. De pronto, el espíritu de Diana se desprendió de su cuerpo y atravesó el muro. Entonces el programador escuchó algo extraño: al inicio, un murmullo semejante al vaivén de las olas del mar, un sonido apacible que comenzó a relajarlo, pero que aumentaba de intensidad. Con el paso de los segundos logró identificarlo: eran miles de serpientes que conseguían atravesar el campo de fuerza de su pulsera; víboras de cascabel.

—¿Cómo chingados acabaron estas cosas aquí? —gritó Aarón, aterrorizado.

—Morir sería un alivio que no mereces. Verás cómo todo lo que amas se consume, una y otra vez —susurró la oscuridad que lo rodeaba.

Una explosión lo lanzó por los aires. Usó su cuerpo para impedir que los restos de Diana golpearan el suelo. Ismael y un grupo de personas los sacaron de lo que quedaba de la cueva, pero cuando el guardaespaldas cargó a ambos jóvenes, sintió la mordida de varias serpientes, seguida de una gran quemadura.

—¡Hijas de su pinche madre! —gritó Ismael, furioso.

El exmilitar continuó avanzando mientras daba órdenes a su equipo para que salieran antes que él. A gritos les advirtió que un demonio ancestral podía matarlos en segundos.

—¡Chingados Ismael! ¿Qué no entiendes? tus crímenes te hacen parte de nuestra gran legión. Déjate llevar por el placer que solo la muerte puede darte: sin restricciones, sin trabas. Se libre y limpia el nombre de tu padre... conviértete en un héroe de nuestro ejército —bramó la oscuridad.

Todo el equipo logró llegar al exterior. Los paramédicos atendieron de inmediato a los sobrevivientes. Ismael, sin embargo, se arrodilló frente a la montaña colapsada por el hundimiento provocado por Apofis. De entre los restos de la cueva surgía una oscuridad inmensa, como una puerta hacia otro mundo de tormento y frustración eterna.

—Mi mascota era una serpiente, estúpido Apofis —gritó Ismael, con una risa triunfal.

Algo rugió con furia desde el interior de la cueva. Ismael rió durante un minuto y luego se desplomó, inconsciente, con una sonrisa en los labios.

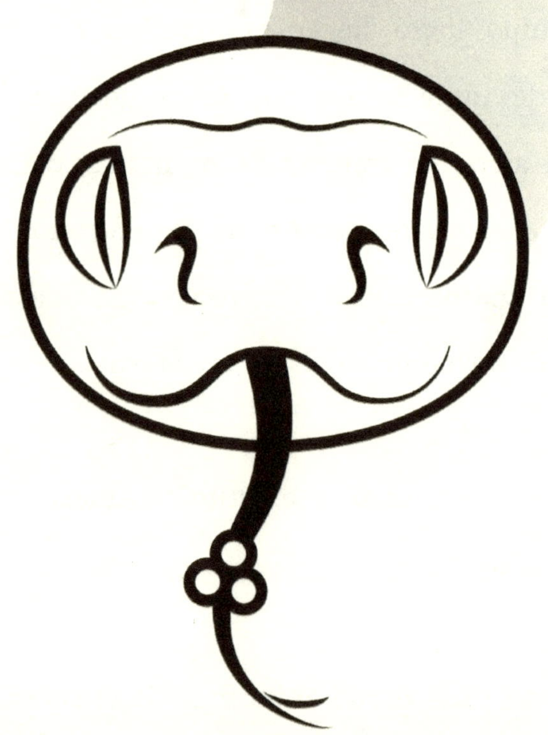

CAPÍTULO 9

Razón para vivir

15 de mayo de 2025

La mina El Ramillete, en Zacatecas, se derrumbó por completo y quedó abandonada. Los demonios habían consumido tanto a humanos como a espíritus del pasado. Esto le dio a Dhruv la oportunidad de iniciar el peritaje y resolver el misterio del derrumbe del que habían sobrevivido semanas atrás y que, gracias a varias notificaciones, les permitió crear una estrategia para salvar a Diana y hacer trascender al padre de Carmen, junto con muchos otros fantasmas. La razón por la que el hindú supo del paradero de su amiga fue que el amigo italiano de Diana resultó ser un proxeneta. Había estado durante cinco días pidiendo ayuda a través de la aplicación; sin embargo, el forense, al revisar el cadáver, afirmó que llevaba cuatro días muerto.

Del fantasma, en cambio, no se supo nada. Minutos después de sacar a Diana de la mina, lograron recuperar sus signos vitales. Fue trasladada de inmediato al hospital, aunque permaneció en estado de coma.Las autoridades la identificaron como Cinthia Zuleta Torres, originaria de Valledupar, Colombia. Localizaron a sus padres para que decidieran qué medidas tomar respecto al estado de su hija. Aarón dejó su pulsera activada y cargando a un lado de la cama del dormitorio de Cinthia, antes conocida como Diana, por si ella intentaba comunicarse con él. En un momento, el monitor multiparámetro mostró que la frecuencia cardíaca de la joven cayó de golpe. Segundos después, los médicos entraron para intentar reanimarla. Unos minutos más tarde, el fantasma de la paciente volvió a aparecer fuera de su cuerpo. El programador se esforzó por atraer la atención del espectro, que se encontraba a un metro de la cama.

—Diana… digo, Cinthia, tienes que volver a tu cuerpo —le ordenó.

—Por favor, diles a mis papás que lo siento… que lamento todo lo que les hice —respondió Cinthia.

—Tú misma puedes decírselos. No sé cuánto tiempo estuviste huyendo de ellos, pero la única forma de solucionarlo es enfrentarlo —dijo el joven con firmeza.

—Tú ya no eres el chico dulce que yo recordaba —dijo Cinthia en voz baja—, y tú tampoco me conoces.

—Lo siento, Diana. Yo... tuve que cambiar. ¿Recuerdas la aplicación que te compartí? Gracias a ella logramos encontrarte —intentó explicarle.

—Sí, te pareces a mi papá —respondió, apretando la voz —. Trabajaba todo el tiempo, pero nunca me entendió. A veces sentía que le estorbaba.

—Perdón por mi comentario, pero creo que sí comprendo lo que sientes. Sé que los padres pueden ser difíciles. ¿Puedes contarme qué pasó? —pidió el muchacho.

—Mis papás solo me hablaban para regañarme —relató Cinthia —. Nada de lo que hacía estaba bien y me cansé. Tomé un poco de plata de sus ahorros y me fui para Estados Unidos. Allá conocí al italiano... lo demás ya lo sabes.

—Tal vez tus padres no sabían cómo comunicarse contigo. Cuando te gritaban, ¿cómo los veías tú? —preguntó preocupado.

—A veces los notaba con miedo —dijo—. Creo que gritarme tampoco les hacía bien.

—Tal vez deberías aclarar esas cosas con ellos, sin importar la respuesta. Y pensar en qué te gustaría hacer con tu vida. Veo que te gusta viajar. ¿Qué tal sería conocer el mundo bajo tus propias reglas? ¿Lo has pensado? —le contestó el joven.

La mujer guardó silencio durante unos minutos, mientras los enfermeros aplicaban oxígeno y varios medicamentos por vía intravenosa. El espectro comenzó a integrarse de nuevo a su cuerpo. El hidrocálido observó cómo una membrana se rompía como un cascarón de huevo, permitiendo que Cinthia regresara. Al hacerlo, el rostro de la colombiana se transformó en una mueca de rechazo. Segundos después, los signos vitales se estabilizaron, aunque la joven continuó en coma. Esa misma noche, los padres de Cinthia llegaron desde Colombia. Al comenzar a discutir entre ellos sobre quién tenía la culpa del destino de su hija, los signos vitales de la paciente volvieron a descender. El programador los llevó fuera de la habitación y les explicó todo lo que había ocurrido y lo que su hija aún enfrentaba. Ambos rompieron en llanto. El joven regresó al cuarto, encendió la pulsera y vio cómo Cinthia había salido otra vez de su cuerpo. Le pidió que lo acompañara al pasillo. La joven accedió y observó a sus padres llorar y abrazarse.

—Esto es lo que pasa cuando tú no estás —le susurró al oído a Cinthia.

La mujer fantasma los miró sin sentir culpa.

—Eso lo sentí desde el momento en que te fuiste a la mesa VIP en la mina —dijo el programador en voz tan baja que apenas pudo escucharlo. Al mirarlo, la joven comenzó a entristecerse. No sabía que era importante para más personas.

—Pero eso no es lo esencial. Lo que de verdad importa es que aproveches tu vida y la llenes con todo lo que nunca tuviste. Llénala con amor y felicidad. ¿Con qué quieres llenar tu jarrón, Cinthia? —le preguntó.

En ese instante volvió a sonar la alarma del monitor multiparámetro: la frecuencia cardíaca de la joven descendió de golpe. Los enfermeros entraron, seguidos por los padres. Segundos después, todos vieron cómo un espectro entraba en el cuerpo de Cinthia y, de inmediato, los signos vitales se estabilizaron. Su madre le sostuvo la mano durante el resto de la noche, mientras su padre atendía por teléfono asuntos de la empresa familiar.

Al día siguiente, mientras todos dormían alrededor de la paciente, el hidrocálido permanecía sentado observándola. Aprovechando que la madre dormitaba en la silla, se acercó y tomó la otra mano de Cinthia. Sintió cómo su propio corazón se aceleraba y descansó un poco.

—No te dejaré ir nunca y te demostraré que la vida vale mucho más la pena de lo que crees, porque yo era un fantasma en vida. Tú me viste, encontraste lo mejor en mí, incluso cuando yo no lo creía —le susurró al oído a la paciente colombiana.

De pronto, los dedos de la joven se cerraron sobre los suyos, provocando que ahora fuera él quien tuviera el pulso alterado, la temperatura alta y los ojos llorosos. Miró su rostro: seguía en coma. Segundos después, la mano volvió a su posición original. Les contó lo sucedido al resto, aunque los médicos explicaron que podían ser solo espasmos o impulsos eléctricos. Nada garantizaba su despertar. El cuerpo de Cinthia se recuperaba de manera física, pero ella continuaba en coma. La familia consideraba regresar a Colombia para continuar la lucha por su recuperación. El programador quería quedarse hasta que despertara, pero Miguel lo llamó para advertirle que el grupo criminal ya sabía dónde se encontraban. Además, había militares estadounidenses, canadienses y mexicanos que los querían arrestar, y debían abandonar el país de inmediato. Ismael interrumpió la conversación y, acompañado de un equipo de mercenarios, los condujo hasta la azotea del hospital, donde un helicóptero Black Mamba los esperaba con el motor encendido.

CAPÍTULO 10

Consecuencias

7 de junio de 2025

A pesar de que todos los servidores de la aplicación Ghost Social habían sido apagados por los tres amigos, los días se volvían cada vez más oscuros y fríos. Aarón, Cinthia y Miguel se sentían felices al presenciar una nevada en la ciudad de Osaka, Japón. El líder de Aguascalientes sacó la mano por la ventana del segundo piso de la casa para atrapar los primeros copos de nieve. Sintió el frío que congelaba una pequeña parte de su palma, pero, de pronto, también percibió un calor extraño dentro de uno de ellos: un diminuto fragmento de carbón ardiente que lo quemó y que, como ácido, comenzó a corroer los techos de las casas a su alrededor.

CAPÍTULO 11

Ghostgirl

20 de noviembre de 2040

Una mujer caminaba entre los pétalos quemados de las camelias marchitas en el patio interior de una casa ubicada en el distrito de Tennōji. A pesar de que la construcción era de cemento, algo había carcomido parte del techo, las paredes y los patios. Eran las doce del mediodía y, aun así, el lugar permanecía casi en completa oscuridad. La puerta de entrada se abría y cerraba por efecto del constante viento frío, hasta que una de las bisagras terminó por quebrarse. La joven observaba todo con sorpresa, felicidad y una expectación silenciosa por lo que descubriría ese día.

En el interior de la casa corría una energía negativa. La intrusa sintió dolor, impotencia y tristeza, emociones que, con el tiempo, había aprendido a sobrellevar. La luz del día se intensificó poco a poco, revelando los verdaderos colores de las cosas: sillones de café claro, mesas beige, un bufetero gris y esquineros blancos. El recibidor mantenía un estilo minimalista, equilibrado y ordenado, aunque manchado por la humedad y el paso del tiempo. Comenzó a observar los papeles tirados sobre lo que quedaba del tatami. Solo podía distinguir lo que estaba en la superficie: fragmentos húmedos de periódicos de distintos países, en especial de México y Colombia, así como revistas de programación y diseño de interiores de meses anteriores, pero nada posterior al año 2025. Subió las escaleras hacia el segundo piso, conectadas con un largo pasillo lleno de puertas corredizas opacas, con marcos de madera y papel grueso. Al fondo, un espejo roto en el centro reflejaba a una joven de cabello castaño, corte long bob, piel morena, cuerpo atlético y una condición física sorprendente. Se sobresaltó al ver su reflejo. Pensó que era otra persona como ella. De donde venía, los espejos no existían, y la pareja que la había cuidado le advirtió que, si llegaba a ver uno, debía alejarse. Nunca antes se había visto a sí misma. Se observó durante unos minutos, sonrió y le agradó su sonrisa. De pronto, escuchó murmullos en el primer cuarto. Una gran parte del papel de la puerta estaba rota, así que entró por ahí. El impacto fue inmediato. El techo estaba carcomido y la luz se concentraba sobre la mesa central, donde tres esqueletos humeantes permanecían sentados, como si estuvieran a punto de comer. Uno de ellos aún conservaba el brazo levantado, como si brindara por algo. Hacía años que la nieve había dejado de ser peligrosa; solo persistía un ambiente húmedo que envolvía el distrito y hacía el exterior menos dañino. Al acercarse a la mesa, esperaba sentir un océano de dolor, pero ocurrió lo contrario: una felicidad encapsulada. Aquellas personas nunca supieron qué pasó ni por qué; vivieron felices hasta el último momento, sin arrepentimientos. No sabía quiénes eran ni por qué tenía información precisa sobre ese lugar. Recordó el número exacto de los dos boletos de avión que siempre estaban sobre la mesa de su casa, a nombre de la compañía Ayaka, junto a la dirección: Osaka-shi, distrito Ku, barrio Chōme, bloque Banchi, edificio número cuatro, con fecha del 07/06/2025. En ese cuarto, toda la papelería estaba desintegrada. Pasó al siguiente, repleto de gigantescos servidores desmantelados, con carcasas rotas y placas madre destruidas que los hacían inservibles. Buscó durante horas y, cuando estaba a punto de rendirse, encontró un trabajo engargolado con keratol, abierto en sus primeras páginas. No podía tocarlo. Sus manos atravesaban las hojas, una sensación desesperante y frustrante. El viento movía las páginas, revelando fragmentos del contenido. En la portada se leían tres nombres: Aarón Villalobos, Miguel y Dhruv Kalu Sharma. Era un trabajo en equipo basado en un proyecto previo llamado Drunk or Stoned, presentado en México años atrás. El contenido era técnico, con modismos de hacía quince años, pero en los agradecimientos se mencionaba el trágico suceso de las minas El Ramillete y una lista de personas fallecidas, entre ellas Carmen Campuzano y Cinthia Zuleta Torres. Gran parte de la casa, al igual que la suya, había sido carcomida en paredes y techo. Mucha de la papelería estaba en mal estado, aunque recordó haber visto los nombres Dhruv Kalu y Carmen Campuzano en varios recibos de compra. Intentó pasar las hojas, pero no pudo. Se concentró en moverlas, sin éxito. Permaneció ahí varias horas, cada vez más frustrada. <<¿Por qué estas personas vivían en mi casa? ¿Qué hacían aquí sus amigos?>>. Movió el brazo con rapidez, generando estática en el ambiente.

Tras varias horas, las descargas eléctricas encendieron y apagaron una pequeña bombilla en el piso, un celular y una pulsera que emitía una luz fluorescente. La furia la invadió. Lágrimas comenzaron a rodar por sus mejillas en un trance guiado por emociones desbordadas. Una gran nube extinguió la poca luz solar restante. Después de muchos años, volvió a nevar, pero la nieve comenzaba a carcomer lo que quedaba de la casa. Un miedo desconocido la atravesó. Aquella era su última oportunidad de descubrir quiénes eran sus verdaderos padres y a qué se habían dedicado. Los primeros copos cayeron y disolvieron el techo. Atravesaban su cuerpo mientras la energía negativa se mezclaba con la positiva, creando una atmósfera extraña donde la ira y la destrucción se complementaban. Las páginas del trabajo comenzaron a pasar con rapidez, obedeciendo el movimiento de su mano. Lo sintió: una hoja le cortó el pulgar. Luego, un copo de nieve le quemó el dedo índice, obligándola a soltar el libro, que cayó junto a la pulsera brillante. Retrocedió y cayó sentada. No le agradó el golpe, pero le fascinó poder sentirlo; era algo nuevo para ella. Se levantó y caminó con torpeza; nunca antes había tenido pies, siempre flotaba. Todo comenzó a colapsar. Los muebles ardían y el suelo de cemento se oscurecía. La mujer recién corporeizada se lanzó bajo la mesa, tomó los libros, el celular y la pulsera. Bajó las escaleras, pero, al no coordinar las piernas, rodó hasta el primer piso y se desmayó. Despertó horas después, sin recuperar el tacto. Había vuelto a ser un fantasma. Intentó recordar qué había provocado aquel milagro. Subió de nuevo al segundo piso, pero la nevada había cesado. Intentó materializarse al tocar los últimos restos de nieve, sin éxito. Regresó al primer piso, evocando el miedo, la frustración y la furia. Nada funcionaba. Entonces lo recordó: aquel copo de nieve no era normal. Eran cristales gruesos con un interior oscuro, hipnóticos y terroríficos, como la sonrisa de su madre tutora, llena de admiración. Ese recuerdo, su primer instante de felicidad genuina, hizo posible lo imposible: volvió a materializarse. Sintió algo frío en el cuello. Una fina cadena dorada reposaba sobre su piel, con un pequeño relicario de oro y grabado con el Ojo de Ra. Lo abrió. El objeto se desplegó en tres partes: a la izquierda, un hombre hindú, apenas mayor que ella; al centro, una bebé morena de un año, dormida y sonriente; a la derecha, una mujer de peinado pin up, cabello negro, piel morena, nariz carnosa y respingada, labios oscuros y ojos almendrados. Tomó un fragmento de vidrio del suelo y se miró.

Tenía los ojos del hombre hindú y la nariz y la boca de la mujer latina. Las comisuras de sus labios se arquearon con nerviosismo. Uno de los libros llamó su atención: *Ghost Book*. Dentro había hojas sueltas, entre ellas tres dictámenes de expulsión que explicaban que Aarón, Miguel y Dhruv habían sido expulsados por reprobar tres veces Bases de Datos, impartida por Arturo Méndez, hackear la plataforma universitaria para modificar calificaciones del sexto y séptimo semestre y falsificar documentos. Otros papeles eran fichas de búsqueda por presunto delito informático en México, acompañadas de post-its con una carita feliz y la leyenda: "Estos fueron los primeros que encontramos". En la primera página del libro halló una dedicatoria:

"Nos quisieron enterrar en el olvido, intentaron ocultar sus delitos, pero la verdad echará raíces y florecerá, liberándonos del miedo y del abuso de poder. Que el infierno se materialice para todos ellos. Dedicamos este trabajo a nuestras familias y amigos que siempre nos apoyaron y, por último, a la hija de Dhruv y Carmen, la elfa del sol naciente. Te queremos mucho, pequeña alhelí."

Tras varios días leyendo historias y evidencias, comprendió los proyectos de su padre, la naturaleza espiritual de su madre y las razones que los obligaron a abandonar México. Aprendió a trasladar los libros de su padre entre el plano físico y el espiritual. En la muñeca izquierda se colocó la pulsera de Aarón al comprender que su padre Dhruv fue quien creó la nanotecnología que reside en ella. Le llamó la atención que había varias copias de un periódico mexicano con un artículo en primera plana sobre una compañía china que había sacado su propia aplicación para ver fantasmas. A pesar de que la compañía mexicana había sacado del mercado Ghost Social, un experto financiero explicó que era una práctica habitual en las compañías orientales invertir y, después de un tiempo, si no les permitían comprar el resto de las acciones, crear un duplicado de la empresa.

<<Necesito saber más>>.

Subió otra vez al segundo piso y observó cómo la nieve de fuego terminaba de desintegrar los restos de los tres amigos. Cuando los copos se acercaron, volvió a convertirse en fantasma. Desde el plano espiritual, la pulsera se activó y mostró a Aarón, Miguel y Cinthia, de carne y hueso, sentados a la mesa, como una fotografía tridimensional: una increíble amistad detenida en el tiempo.

Agradecimiento

Muchas gracias por acompañarme en esta gran aventura. Le dediqué mucho tiempo y esfuerzo a esta noveleta; espero que haya sido de tu agrado. Sigo esforzándome por mejorar mi trabajo y, al mismo tiempo, por transmitir mensajes sobre la amistad, la resiliencia y cómo las nuevas tecnologías pueden afectar a la sociedad en la que vivimos. Puedes revisar mis otros libros con temáticas de terror, fantasía, ciencia ficción y suspenso.

Si te agradó la historia, puedes apoyarme dándole una **calificación positiva** al libro *Ghost Social* en Amazon; eso me ayuda a llegar a más personas.

Acerca del autor

Mi nombre es Iván Rocha, soy mexicano nacido en el estado de Nuevo León. Me titulé como licenciado en diseño gráfico para después hacer la maestría en dirección creativa en la Universidad Autónoma de Nuevo León. Carrera que me llevó por muchos caminos y experiencias placenteras profesionalmente, desde agencias de publicidad hasta instituciones educativas.

Pero para explicar por qué rayos estoy aquí, empezaré con mi madre. Ella fue la que me llevó por primera vez de niño a las clases de dibujo y desarrollo de personajes de cómics en la Facultad de Artes Visuales. Desde ese punto no hubo retorno; algo en el dibujo y el papel disparó una enorme descarga en mis neuronas, que cambió mi forma de ver el mundo. Traté de continuar dibujando, aprendiendo las oscuras y enigmáticas disciplinas. Cuando tuve la edad suficiente, lo único que quería era seguir pintando y dibujando. Pero con el tiempo y la madurez, me di cuenta de que lo que más me interesaba era crear historias completas, no limitarme a la cantidad

Sigue el rollo

de dibujos por segundo que podía hacer. Como parte de mi carrera, me llevó a la realización de animaciones 2D y 3D, pero lo que más me apasionaba era la cantidad de ideas que podía desarrollar, llevar mis pensamientos hacia el límite. Y ahora estoy aquí, sobre un lienzo en blanco, sin restricciones, solo las que mi mente pueda aportar.

Disfruto las novelas de George Orwell, la complejidad (para mí) de Mario Vargas Llosa, la enorme imaginación de J.R.R. Tolkien y la forma de ver la sociedad de Zygmunt Bauman. El misterio y terror que Anne Rice y Stephen King fueron inculcando en mí. Gracias a los libros y a las historias, que nos cuentan sobre el mundo, de una forma que la pueda recordar y amar.

LIBROS DEL AUTOR

El disfraz. El 21 de octubre de 1981 en Monterrey, Nuevo León, se desencadena una serie de eventos misteriosos cuando Zolin Maltes de la Cruz, un niño de secundaria, huye de sus acosadores, los hermanos Barrón, por la calle Mondragón. En un instante que parece sacado de un acto de magia, Zolin desaparece con el colapso de una fábrica textil, iniciando su viaje hacia lo desconocido.

#CultoDelColmillo. El tiempo corre en esta novela llena de villanos y víctimas. Un asesino histórico adquiere vida nuevamente para tomar el papel en el que la cultura popular lo ha ido convirtiendo. Una sociedad que, sin saberlo, lo ha transformado a lo largo del tiempo en un monstruo poderoso que se alimenta de cada publicación, selfie, like y dislike. Con la ayuda de un programador turco negligente, ha regresado sin forma y mutando constantemente en un código encriptado.

LIBROS DEL AUTOR

La app del rey del mundo. En un tiempo en el que los cambios políticos y comerciales atraviesan los límites de lo conocido, una aplicación decide que un hombre común y corriente debe ser el que gobierne al mundo entero. Una organización mundial llamada Arcadia es la encargada de coordinar ese proceso y, en base a una larga investigación de todos los habitantes del mundo, elegirá, basándose en métricas y un algoritmo desconocido, quién es el adecuado para ese tan importante cargo. En el transcurso de la historia, se revelará un conjunto de actores que tratarán de controlar e influenciar la decisión final. Pero lo más importante, ¿por qué y para quién se desarrolla este proyecto?

RAÍCES. En el enigmático pueblo de Todos Santos, donde las fronteras entre nacionalidades, culturas y creencias se desdibujan, un inquietante fenómeno comienza a manifestarse. Personas que habían sido dadas por perdidas, raptadas o incluso declaradas muertas regresan misteriosamente para reunirse con sus seres queridos. Lo que al principio parece un milagro pronto se convierte en una pesadilla cuando se revelan las oscuras consecuencias de estos inesperados retornos: posesiones demoníacas, presencias extrañas y desastres naturales desatan el caos en Baja California Sur, emergiendo desde las profundidades de la tierra.

www.ingramcontent.com/pod-product-compliance
Lightning Source LLC
LaVergne TN
LVHW091048080826
845145LV00002B/673

* 9 7 8 6 0 7 2 9 8 3 3 8 0 *